ALÉM DOS SONHOS

ADRIANA BRAZIL

ALÉM DOS SONHOS

novo século®

SÃO PAULO, 2016

GERENTE EDITORIAL
Lindsay Gois

EDITORIAL
João Paulo Putini
Nair Ferraz
Vitor Donofrio
Rebeca Lacerda

GERENTE DE AQUISIÇÕES
Renata de Mello do Vale

ASSISTENTE DE AQUISIÇÕES
Acácio Alves

AUXILIAR DE PRODUÇÃO
Emily Reis

PREPARAÇÃO
Livia First

DIAGRAMAÇÃO
João Paulo Putini

ILUSTRAÇÕES
Kazumi Takashi

CAPA
Adriana Brazil
Kazumi Takashi

REVISÃO
Thiago Augusto

Texto de acordo com as normas do Novo Acordo Ortográfico da Língua Portuguesa (1990), em vigor desde 1º de janeiro de 2009.

Dados Internacionais de Catalogação na Publicação (CIP)
(Câmara Brasileira do Livro, SP, Brasil)

Brazil, Adriana
Além dos sonhos
Adriana Brazil; [ilustrações Kazumi Takashi].
Barueri, SP: Novo Século Editora, 2016.

1. Ficção juvenil. I. Takashi, Kazumi. II. Título.

15-02798 CDD-028.5

Índice para catálogo sistemático:
1. Ficção: Literatura juvenil 028.5

NOVO SÉCULO EDITORA LTDA.
Alameda Araguaia, 2190 – Bloco A – 11º andar – Conjunto 1111
CEP 06455-000 – Alphaville Industrial, Barueri – SP – Brasil
Tel.: (11) 3699-7107 | Fax: (11) 3699-7323
www.novoseculo.com.br | atendimento@novoseculo.com.br

novo século®

*Para minha vovó Mainha, por ter
me mostrado a ternura da vida.*

"Aprendi que os sonhos transformam a vida em uma grande aventura. Eles não determinam o lugar aonde você vai chegar, mas produzem a força necessária para arrancá-lo do lugar em que você está."

Augusto Cury

Agradecimentos

NENHUM LIVRO MEU TERIA EXISTIDO SE NÃO FOSSE DEUS, se não fosse Ele me chamando para o Seu sonho original. Um talento que Ele me deu e eu demorei a dar a importância necessária. Se este livro está em suas mãos hoje, foi porque um dia eu decidi dizer "sim" aos planos d'Ele para minha vida, e eu confesso que os sonhos d'Ele eram bem maiores do que os meus.

Quero agradecer ao meu esposo Marcio, pelo seu amor que me inspira e sua força sempre presente em todos os momentos da minha vida. Com ele, ainda vivo toda a doçura do primeiro amor.

Expresso todo meu carinho e amor de mãe para o meu gatinho Lucas Brazil, que todos os dias me faz feliz com o sorriso mais lindo e cativante do mundo. E para nosso bebê André Brazil, que veio completar nosso sonho de uma família plena e feliz.

Agradeço aos meus pais Luiz e Graciete, por sempre incentivarem meus sonhos.

Aos meus amigos, aqueles do peito, aqueles que conhecem meus dias. Sem eles a vida seria bastante vazia.

Em especial, quero dedicar este livro à minha amada avó Mainha. Além da ternura, ela me ensinou que os momentos mais inesquecíveis da vida são marcados com um simples gesto de carinho.

Minha gratidão a cada criança do Projeto Mais Educação. Foi com elas que nasceu *Além dos sonhos*, em 2011, em uma experiência maravilhosa que vou guardar pra sempre no meu coração.

Agradeço a Kazumi Takashi pelo carinho com cada ilustração, seu talento é admirável.

Agradeço aos meus leitores, sempre fofos e atenciosos comigo. Espero que gostem deste livro tanto quanto da série *Foi assim que te amei*. Escrevi com muito carinho.

Agradeço a escritora Nanda Meireles, que me presenteou com a bela sinopse deste livro.

Obrigada também à minha editora Novo Século, por ter acreditado neste projeto e ter levado além mais este sonho.

Prólogo

QUANTA HISTERIA! Eu já devia ter me acostumado à fama, aos aplausos e à loucura de cada fã.

Os seguranças faziam um cordão de isolamento com tanta determinação que eu mal podia levantar os braços para acenar. Eles se aglomeravam e pareciam abelhas sobre o mel, pois todas as pessoas tinham apenas um objetivo: tocar em mim. Centímetros no chão eram disputados como pedaço de ouro.

Rompendo a multidão, cheguei ao meu camarim, cuidadosamente preparado para uma estrela pop. Arfei. Ufa! Como foi difícil chegar ali!

Dei um sorriso satisfeito ao avistar meu inseparável violão sobre o sofá. Chegara o momento do ritual que eu fazia antes de cada apresentação. Toquei repetidamente as cordas, que, juntas, logo se formaram em acordes. Uma concentração sempre nova. Era chegado o grande momento.

No palco, a guitarra elétrica de John anunciou minha entrada. O estádio parecia bem maior quando algumas luzes se apagaram, revelando outras, e a multidão parecia um oceano. Todos, em uníssono, gritavam reafirmando quem eu era:

– Brenda! Brenda!

Caminhei até o microfone no pedestal e fechei os olhos. De repente, fui arrebatada daquele lugar. Tentei me agarrar a algo, mas foi tarde demais. Meu corpo parecia uma pena sendo levada por um furacão, que me lançou à cadeira diante do computador. Minha ira foi imensa, e eu o arremessei para longe. As luzes da biblioteca da escola piscaram e, ao erguer os olhos, acordei assustada.

Foi apenas um sonho.

A lacuna enorme entre um sonho e uma realidade pode ser tão grotesca quanto os abismos do Grand Canyon. Afinal de contas, o que há de errado em desejar algo novo? Não há nada de errado, todos desejam. Meus amigos vivem me dizendo que sou louca, e começo a acreditar que isso seja uma possível realidade. Eu até tento, mas o que todos consideram "o mundo da lua" é um lugar muito conhecido e atrativo para mim. Tentei diversas vezes encontrar o *novo* no meu mundo, mas acabei colecionando apenas frustrações e as mesmas cenas de uma vida monótona. Contudo, descobri algo que era aonde eu queria chegar: você pode até não acreditar, mas existe um mundo paralelo! Sério! Se foi feito por mim, não sei, mas ele sempre está lá, esperando por mim, esperando meus olhos se fecharem. Basta um desejo, um pensamento... Quem acreditaria se eu contasse?

Adoraria contar! Porém, existe alguém que contará essa história e, pela primeira vez, serei a protagonista. Atesto desde já que foram fatos baseados em uma história real.

capítulo 1

O de sempre

DE FRENTE AO ESPELHO, pronta para mais um dia de aula, a jovem Brenda teve a conversa matinal diária com a imagem nele refletida.

– Pode me contar, pode me dizer. Você não me engana mais. Meus óculos? São ultrapassados, eu sei. Em vez de ficar me criticando, devia oferecer uma solução! Quem sabe umas lentes novas? – Ela tirou os óculos com lentes de quatro graus contra a miopia. A visão embaçada fez com que espremesse os olhos para tentar se olhar melhor. – Fique sabendo que um dia eu vou conseguir ver a cor dos meus olhos sem essas malditas lentes! O que mais você quer? Meus cabelos? Não me enche! Ontem minha vó fez escova neles, até que ficaram bonitos.

– Brenda! – gritou Matilde, a avó paterna.

– Quer saber? Não ligo para o que pensa de mim!

Brenda pegou a mochila, fez careta para o espelho e esperou uma resposta. Deu de ombros. Abriu a porta do quarto e passou pelo apertado corredor que levava à cozinha.

– Bom dia, vó! – declarou com entusiasmo.

– Estava falando sozinha de novo? – perguntou Matilde com um leve sorriso.

– Aquele maldito espelho estava me dizendo de novo que sou estranha e esquisita!

Ela sentou-se à mesa e colocou café e leite no copo. Matilde ainda prendia um sorriso diante da ingenuidade da neta. Abriu a tampa do forno, pegou o tabuleiro com torradas de pão, que logo emanaram o saboroso cheiro de margarina com pedacinhos de queijo muçarela, e o colocou sobre a mesa.

– Esquisitice, menina, é você ficar conversando sozinha, como faz.

– Até você acha que sou estranha, vó? – Brenda ajeitou os óculos e fez um biquinho magoado.

– Não te acho estranha, querida, só penso que você não deveria ficar falando sozinha dessa maneira. Sei que tem uma imaginação fértil, mas ficar falando sozinha é outra história!

Brenda ficou rodando pela décima vez a colher dentro do copo de café com leite.

– Você me acha bonita, vó?

– Eu te acho linda, menina! Já disse um milhão de vezes! E, como sempre digo, você devia se arrumar mais! Está sempre com esse cabelo preso e mal penteado... Eu escovei-o ontem e você já o prendeu hoje.

– Ninguém olha pra mim mesmo – lamentou.

– Porque não se arruma direito!

– Sexta-feira, na escola, um menino lindo se aproximou de mim e perguntou se eu sabia criar uma página na internet. Respondi que eu sabia, sim. Ele só queria caçoar de mim, falou que eu devia fazer uma página de como os nerds da escola se comportam. Saiu rindo.

Brenda curvou os lábios, formando uma expressão desafiadora. Como era verdadeiramente uma nerd, não se deixou ser ofendida por um garoto exibido e metido.

– O que você aprontou dessa vez, Brenda? – Matilde sentou-se com a expressão fechada; sabia que a neta não havia deixado aquilo por menos.

– Ah, vó, nada de mais.

– O que você fez? Pode me dizer!

– Só diminuí uma nota dele – deu um sorrisinho abafado.

– Brenda?! – a avó disse com um tom de ameaça.

– Não seja tão durona! Era a nota mais alta. Entrei escondida no sistema da secretaria e de sete eu abaixei pra cinco. Ele terá que estudar mais – ela disse sorrindo, satisfeita. Pegou uma torrada e a soprou antes de enfiar na boca.

– Estou esperando, mocinha. O que mais?

– Tudo bem, tudo bem... – Brenda sorriu e disse, ainda com a boca cheia: – Eu o tirei de duas aulas.

– Brenda, minha filha... Você é tão inteligente, sabe mexer com essas coisas de informática tão bem! Mas não pode ficar usando seu talento para fazer mal às pessoas! – falou com carinho.

– Fiquei com raiva dele, vó! E eu já disse que mexer em computador não é um talento – desprezou, baixando os olhos.

– É claro que é!

– Sabe que não acho! – concluiu e levantou-se para beijar Matilde. – Adoraria continuar a conversa, mas preciso ir ou chegarei atrasada. O talento que eu queria era o de interpretar, pintar, cantar e tocar. Até mesmo jogar basquete! Aí, sim, eu seria aceita e não seria a nerd – foi falando enquanto andava para a saída da sala. – Mas sou uma das feias que ninguém vê!

– Não diga essas asneiras, menina! – Matilde protestou da cozinha.

– Ah! – ela voltou e segurou a porta da sala. – Adoraria também ser bonita!

Matilde negou com leve movimento e suspirou, frustrada. Queria que a neta se visse com os olhos da avó, enxergasse a garota talentosa e cheia de virtudes que de fato ela era. Uma tarefa quase impossível.

Brenda colocou a mochila nas costas e, da porta de casa, observou o dia.

O sol brilhava em seu rosto naquela segunda-feira. Costumava fazer frio na região de Teresópolis. Parou no semáforo e olhou para o termômetro antes de atravessar a rua: ele marcava 23 graus. Foi caminhando até a escola, que não ficava muito longe de sua casa, cerca de dois quilômetros.

Em sua mente sempre tão rápida de raciocínio e geradora de novas histórias, começou a se imaginar como a atriz famosa do filme que vira com seus amigos na semana anterior. Imaginar uma vida paralela, para Brenda, sempre foi uma ótima desculpa para não encarar a realidade.

Ela caminhou sussurrando, dando vida aos personagens em um ambiente surreal. Ela – a protagonista, é claro – era rica, bonita, popular e assediada pelos rapazes. O mocinho era Matheus, o cara mais bonito da escola. Gostava de se sentir amada em suas viagens fantasiosas.

– O que foi, Bê? Falando sozinha de novo? – falou Megan, tirando Brenda de seu devaneio.

– Oi, Meg. Estava apenas imaginando um dia diferente – respondeu, e as duas cruzaram os braços na entrada da escola.

– Adoro você, garota! O que estava pensando hoje? No Matheus de novo?

– Pra variar.

– Então não tem nada de dia novo! – Elas se abraçaram. – Mas me diga: terminou o trabalho de História?

– Terminei. Teria acabado primeiro se minha internet não estivesse tão lerda!

– Sonhou algo novo?

– Para... – ela suspirou fundo.

– Estou brincando, boba. Me divirto com seus sonhos. Trazem um ar de alegria para meus dias tão iguais!

– Não tem graça nenhuma – Brenda parou de andar e colocou as duas mãos na cintura. Com o semblante fechado, encarou a amiga.

Megan tentou sufocar o riso com uma das mãos.

– Ah, Bê, foi engraçado o último!

– Vou parar de contar meus sonhos para você! – reclamou.

– Não, amiga! É que... puxa! Você foi arrancada do seu show e foi lançada em frente a um computador!

– Nem nos sonhos eu consigo ser o que eu quero. Poxa vida!

– Esquece isso – a amiga piscou o olho e voltou a puxar o braço de Brenda para continuarem andando.

Enquanto elas caminhavam para a sala de aula, Gustavo as assustou por trás. Ele esquivou-se quando Megan tentou bater em seu braço.

– Fizeram o trabalho? – perguntou ele.

– Fiz, sim. Fiz o que pude. Nem sei se está certo – respondeu Brenda, sem entusiasmo.

– O que aconteceu com você hoje? Desanimada?

– Estou cansada da vida!

– Você reclama demais! Olhem só – Gustavo entrou na frente delas, animado –, tenho uma boa para nós hoje!

– O que foi? – Brenda bufou, saturada. – Vai nos chamar para invadir algum site protegido?

– Sua boba! Descobri esses dias como eliminar, de uma única vez, um vírus de um hacker! Preciso ensiná-las!

– Como conseguiu isso? – perguntou Megan, curiosa.

– Vacina do Gu! Sou mais esperto do que eles! Quero mostrar a vocês alguns recursos que inibem o vírus de um hacker e também...

– Chega, Gu! – reclamou Brenda. – Não quero falar de computadores hoje!

– O que houve?

– Por que não criamos um programa que me faça ter algum dom que realmente mereça ser destacado?

– De novo esse papo? – Megan murmurou, triste.

– É! Um programa que me faça desenhar bem, cantar melhor e até jogar basquete melhor! Assim eu finalmente seria aceita e deixaria de pertencer aos excluídos!

– Você sempre gostou de ficar com a gente, Brenda. Ser nossa amiga é se sentir excluída? – Gustavo cerrou os lábios, triste.

– Me desculpa... – ela baixou os olhos. – Tenho andado chateada demais com outras coisas. Perdão. Vamos, sim, ver essa vacina à noite. Temos que estudar também.

– O que foi? É por causa do intercolegial de hoje? – Megan virou-se para olhar sua adorável amiga, complacente com a sua dor.

– É... – Brenda bufou e parou de caminhar no corredor da sala de aula. – Só acham que sirvo para fazer cartazes, divulgação... Eu queria estar jogando também!

– Ah, Bê, não fique assim! Você tem seu talento.

– Para de ficar me dizendo que mexer em computadores é um talento! Qualquer um pode fazer isso, vocês sabem!

– Não fazem o que você faz – lembrou Gustavo.

– Se isso é um talento, adoraria trocá-lo por outro. Pode fazer um *backup*? E depois uma troca de processador?

Brenda saiu irritada. Megan e Gustavo se entreolharam.

– Por que será que a Brenda ultimamente está agindo assim? – comentou Gustavo.

– Acho que é a saudade da mãe e o mistério de não saber onde ela está. Precisamos entender...

Brenda carregava no peito a tristeza de ter sido abandonada pela mãe biológica. Matilde a tomou para criar quando ainda era um bebê. O tempo passou e a menina continuava acreditando, mesmo contra a razão, que um dia a mãe apareceria. Dia após dia, sofria com o desprezo e o ódio do pai, que, da família, era tudo que restara.

Quando Gustavo e Megan chegaram à sala, Brenda estava escrevendo algo em seu caderno. Os dois se entreolharam ao ver que ela tentava rascunhar algum desenho. Brenda foi perdendo a paciência e rasgou o papel no quinto traço.

– O que foi? – Gustavo perguntou carinhosamente, quando viu a amiga com lágrimas nos olhos.

– Nem um carro eu consigo desenhar! Que droga de vida!

– Não fale esses absurdos, Bê! Você pode desenhar o que quiser no computador.

– Será que, uma vez na vida, dá para vocês pararem de dizer que meus problemas se resolvem com um computador? – esbravejou.

– Só queremos ajudar.

– Não podem me ajudar! – ela se levantou e disse, olhando para os amigos: – Melhor... Uma busca na internet poderia dizer onde está minha mãe!

– Bê! – Gustavo a segurou pelo braço.

– Me deixem – disse ela, chateada. – Quero ficar sozinha hoje!

Saiu da sala e foi andando pelos corredores da escola. Abraçou-se por causa do frio que soprava contra ela enquanto pensava, pela décima vez no dia, onde poderia estar a mãe. Naquelas últimas semanas, ansiou, mais do que nunca, encontrá-la e aliviar tantas dores que acometiam seu jovem coração.

Viu de longe alguns estudantes fazendo aula de Educação Física no campo de futebol da escola. Caminhou completamente triste e sentou-se na arquibancada.

Seus pensamentos distorcidos, solitários e a falta da mãe a fizeram chorar.

Brenda era muito sonhadora. Seus momentos de maior alegria eram quando podia parar tudo e imaginar a vida ideal. Nesses pensamentos, seus pais estavam juntos, eram ricos, ela era bonita e aceita na escola, tinha talentos que, para ela, eram admiráveis. A suposta rejeição da mãe e da família fez com que gerasse dentro de si um enorme sentimento de inferioridade em relação aos outros. Acreditava que todos tinham talentos melhores que os dela. Achava que todos eram especiais, menos ela.

– Oi, Bê! – disse Fernando, tirando-a dos seus pensamentos.

Fernando e Gustavo eram os únicos amigos homens que Brenda possuía. Seu círculo social sempre fora pequeno. Somados à Megan, eram seus únicos três amigos.

– Oi, Nando – ela olhou para o lado oposto a ele e limpou os olhos.

– Por que está matando aula?

– Só queria respirar um pouco. E você? Por que não está jogando bola?

– Estou com o corpo dolorido hoje – ele subiu dois degraus e parou ao lado dela. Olhou em seu rosto, mas ela disfarçou. – Não vai me dizer por que estava chorando?

– Não. Estou aqui, pensando nos meus problemas. E você não devia ficar conversando com a nerd da escola, já lhe disse um monte de vezes.

– Para com isso, Brenda! – ele empurrou o braço direito dela. – Sabe que eu gosto de conversar com você. Tem um papo cabeça – ele apontou disfarçado para o grupo de meninas que, particularmente, Brenda detestava. Eram as cinco mais populares.

– Posso queimar seu filme com elas.

– Acho que você não é tão esperta como pensa, garota.

– Isso, eu não sou esperta.

– Já devia ter aceitado que sou seu amigo.

– Me desculpa – empurrou o braço dele com um sorrisinho. – Você e o Gu são meus únicos amigos. Foi mal. Sempre acho que você só fica conversando comigo para... Pagar o que faço para você.

– Poxa, Brenda! Pensei que você me conhecia! – ele suspirou fundo e abaixou a cabeça. – Nós nos conhecemos há pouco tempo, mas você já devia saber que não sou esse tipo de pessoa...

– Ai! Desculpa, Nando, não queria falar isso! É que... Eu estou azeda hoje! Não tem nada a ver com você. Esquece tudo que acabei de dizer!

– Tudo bem. Então, vai me dizer o que é? Ou não confia em mim?

Encontrou ternura no olhar do amigo. Fernando era diferente de todos os garotos que ela conheceu ao longo dos anos escolares.

Era amigo e gostava de demonstrar o quanto ficava satisfeito com a alegria dela. O suficiente para enchê-la de admiração por ele.

– Não é isso. Hoje tudo está esquisito pra mim... – confessou.

– Tudo bem. Você está estranha mesmo hoje, então dou um desconto – ele jogou o rabo de cavalo dela para o alto.

– Para, engraçadinho! – ela sorriu.

– Fica mais bonita assim, sorrindo.

Brenda sentiu-se corar. Virou o rosto de lado para que ele não percebesse. Sempre ficava sem jeito quando ele fazia comentários naquele tom carinhoso de voz.

– Quer falar? Sei que não gosta de compartilhar seu mundo comigo, mas...

– Não é isso – ela o interrompeu, com a expressão triste.

Fernando era um dos garotos mais bonitos da escola. Havia começado a estudar ali naquele ano. Os pais dele se mudaram por causa da empresa de desenhos industriais que inaugurou na cidade, viera transferido de outra boa instituição de ensino. A atual era uma escola tradicional, a melhor instituição pública da região. Brenda sempre se lembrava com orgulho de quanto foi vitorioso conquistar uma vaga no quarto ano do ensino fundamental. Ambos cursavam o último ano do ensino médio, eram de turmas diferentes, mas se conheceram por causa de Gustavo, os dois jogavam bola juntos.

– O que é, então? Não pode contar para mim seus assuntos mais sérios? – insistiu Fernando.

– É que...

A turma das cinco meninas veio até onde eles estavam, e Brenda parou de falar.

– E aí, Fernando? – disse Lilian, que era uma espécie de líder das outras. – Arremessa a bola enquanto treinamos levantamento?

– Deviam fazer o que o professor mandou – ele enfatizou.

– Pode vê-lo por aqui? Ele saiu e disse que era para treinarmos cortadas na rede – ela apontou para o lado em que ficava a quadra de vôlei.

Brenda suspirou fundo ao se lembrar da última tentativa de entrar no time de vôlei da escola. Lilian humilhou a menina na frente de todos, dizendo que não sabia jogar, que devia fazer jogadas pelo computador. Ela realmente não tinha aptidão nenhuma para o vôlei ou para qualquer outro tipo de esporte. Megan não deixou que ela se vingasse da exibida naquela ocasião.

– Não vou fazer Educação Física hoje, Lilian.

– Então venha conversar com a gente... Ou está ocupado falando de computadores?

Brenda suspirou fundo quando sentiu os olhos ficarem quentes para chorar.

– Não estou falando de computadores.

– Ela fala sobre outra coisa? – as meninas riram, e Brenda levantou-se.

– Senta aqui comigo – Fernando segurou o braço dela. Brenda ajeitou os óculos enquanto olhava para a mão dele a segurando.

– Já vi que hoje prefere um papo nerd, hein? – falou Melissa, uma das amigas de Lilian.

– Eu não troco um papo inteligente por nada neste mundo, e é isso que estou fazendo agora – debochou Fernando.

Brenda olhou espantada para o lado e reprimiu o sorriso que encheu seu peito.

– Não vou responder como devia, Fernando – disse Lilian. – Sabemos que, algumas vezes, um papo com uma nerd ambulante faz bem. Ainda mais quando se presta o favor de economizar o tempo da gente fazendo nossos trabalhos escolares.

– Esse é o nível do seu interesse pelas pessoas? Amizades sinceras não são para todos mesmo.

Brenda não conseguiu prender o riso e desafiou as meninas com o olhar, Fernando a encheu de ousadia naquele momento. Lilian engoliu a raiva e ficou sem resposta. As cinco meninas voltaram para a quadra de vôlei torturando Brenda com os olhos.

Lilian e Brenda sempre foram rivais, desde quando estudavam no quarto ano. Lilian só queria a amizade de Brenda para fazer seus trabalhos escolares e tirar boas notas, mas se esquivava da "amiga" quando não precisava dela. Brenda aturou esse jogo por dois anos, até que a guerra foi declarada quando ela se apaixonou pelo novo aluno, Matheus, no ano anterior, e contou à suposta amiga, Lilian, que logo começou a namorar o rapaz com seu charme e sua beleza ímpar. A menina revoltou-se, descobriu o *login* de Lilian e entrou em seu perfil na rede social. Fez com que parecesse que era ela quem mandava recados para os outros rapazes da escola. Matheus não aceitou seus argumentos e terminou o namoro. Ela, por sua vez, jamais soube que Brenda estivera envolvida na armação.

Matheus cursava também o último ano do ensino médio e era muito disputado pelas meninas. Nunca havia trocado uma palavra com Brenda, e a garota almejava isso todos os dias.

– E aí, vai falar comigo ou não? – perguntou Fernando.

– Deixa pra lá. Ei, obrigada pelo que disse.

– Elas são fúteis demais. Prefiro as que têm conteúdo aqui – ele tocou o lado direito da cabeça.

– Elas são umas exibidas! Mas não posso negar o quanto são bonitas... – Brenda suspirou fundo e triste.

– Você é tão bonita quanto elas.

– Ai, Fernando! Sei que é meu amigo, mas não exagera, vai!

– Já disse pra você! Está sempre com esse cabelo preso, por que não solta?

– Porque fica arrepiado – Brenda abaixou a cabeça.

– Acho que não! – Fernando tirou a presilha do cabelo dela e sorriu, afastando-se e andando de costas.

– Me devolve! – ela segurou os cabelos que voavam por causa do vento.

– Não! Acho que está melhor assim! – ele disse, escondendo a presilha atrás de si.

– Me devolve, Fernando Felzer! Agora!

– Gostei do seu cabelo! Tirou os cachos?

– Minha vó fez escova nele ontem. Me devolve!

Brenda foi para cima dele enquanto ele se afastava. Ela tentou pegar a presilha puxando os braços estendidos do amigo, mas ele colocou as mãos para trás e Brenda o abraçou, tentando pegá-la. De repente, ela percebeu que estava próxima demais do rosto de Fernando. Sorriu atrapalhada quando percebeu seus braços ao redor da cintura dele.

– Me dá? – afastou-se, totalmente desconcertada.

– Se você o escovou, ele deveria estar solto – disse com voz mediana.

– Não tenho o cabelo liso como o da pé de sebo! – ela afastou-se.

– É, realmente não tem – ele riu. – Mas gosto deles ao natural e prefiro essa cor à cor dos cabelos delas – ele mostrou uma linha de sorriso.

– Ah, Nando, para! Só faltava essa, dizer que a cor do meu cabelo é mais bonita do que a das nojentinhas ali! – ela apontou com a cabeça para o grupo de meninas.

– Gosto do seu cabelo e dessa cor.

– Você é a primeira pessoa que me diz isso – ela desviou o olhar, constrangida. – Nunca gostei, não tem cor definida, não é ruivo, não é loiro... É essa cor laranja, loiro-dourado, sei lá! – ela forçou um sorriso.

– Eu sei a cor que ele tem – ele se aproximou dela.

– Qual? – ela puxou uma mecha para frente e a fitou.

– A cor do pôr do sol. Ou seja, lindo.

Brenda prendeu a respiração e novamente ficou constrangida com o comentário dele.

– Vou voltar para a aula – soltou o ar que estava retido nos pulmões.

– Não vai me dizer mesmo o que aconteceu?

Ela soltou o ar de uma vez, frustrada, e sentou-se de novo na arquibancada. Ele sentou-se ao lado dela.

– Estou triste por um monte de coisas.

– Bem, escolhe uma e me conta. Depois, você escolhe mais uma na sua fila de problemas e continua.

Brenda sorriu e esbarrou no braço dele.

A menina resolveu abrir o coração para o amigo. Sentiu alívio ao tirar o peso dos ombros e expor seus sentimentos confusos. Enquanto relatava, seus olhos tentavam chorar, e Fernando a abraçou com força e acariciou seus cabelos. Até ali, ela não conhecia aquele lado carinhoso do amigo. Sentiu uma agradável sensação em seu abraço.

Ela se recompôs e voltou para a aula quando o sinal tocou.

Megan e Gustavo não fizeram perguntas. A troca de olhares foi uma conversa silenciosa, de que Brenda realmente não estava bem e precisava daquele tempo. Queriam, sim, fazer perguntas, mas respeitaram o momento. Brenda não disse nada, apenas copiou a matéria do quadro.

No intervalo, os três comiam biscoitos quando Brenda avistou o alvo da sua paixão, Matheus Borges. Ele estava com os amigos do basquete, era alto, tinha quase um metro e noventa. Os cabelos eram castanhos, a pele era morena clara, seus olhos, esverdeados, e seu sorriso era perfeito. Brenda parou de comer e suspirou fundo.

– Ele é tão lindo...

– Tenho que concordar com você, é mesmo – Megan afirmou, e elas suspiraram juntas.

Brenda olhou para a amiga e empurrou o braço dela.

– Dá pra você parar de olhar? Ele é meu!

– Cara feio! – disse Gustavo, com a boca cheia de biscoito.

– Feio é você, Gustavo! – indignou-se Brenda.

– Feio, mas faço sucesso com as meninas!

– Só porque tem dinheiro! Se não tivesse... – as meninas riram.

– Sem graça! – Gustavo atirou biscoito nela. – Digam que sou feio!

– Megan é quem tem que dizer isso – Brenda sorriu.

– Começou... Vocês vão começar a me atazanar o juízo? – Megan fez careta.

– Sou feio, gatinha? – ele colocou o braço no ombro dela e beijou seu rosto.

– Tudo bem, não é feio. Mas tira a mão do meu ombro.

– Bom saber que não me acha feio – ele sussurrou no ouvido dela, fazendo-a sentir arrepios.

– Para, Gustavo!

– Vou falar com meus amigos!

Megan olhou para Gustavo enquanto ele mandava um beijo para ela. Seu jeitão era travesso e desajeitado, talvez por sua altura mediana e gordurinhas salientes no abdômen.

– Hum… Por que não confessa logo que gosta dele? – perguntou Brenda.

– Não começa. O Gu é um gato, mas é meu amigo. Queria mesmo gostar dele em vez de gostar do exibido do Renato! Ah, que raiva de mim!

– Dá uma chance para o Gu. Desde que o conhecemos, ele sempre fala que é a fim de você.

– Sabe como é o nosso amigo, Brenda. O Gu é mulherengo e namora um monte de garotas diferentes, ele não seria fiel a mim e eu morro de medo de perder a amizade que temos.

– É, tem esse detalhe mesmo.

Megan fez uma pausa e enfiou biscoitos na boca.

– Podíamos ir mais tarde ao Cyber Café que inaugurou ontem. O que acha?

Brenda fitava Matheus e não prestou atenção ao que a amiga dizia.

– Estou falando com você!

– Ahn? O que foi?

– Vai comigo?

– Aonde, menina?

– Estava falando que abriu um novo Cyber Café lá no centro e tem livros e computadores ligados em alta velocidade. Poderíamos ir até lá conhecer. Vamos?

– Não devíamos estudar?

– Caramba, Bê! Nós estudamos todos os dias! Pelo menos um dia de folga, né?

– O vestibular está chegando…

– Eu sei, mas é só hoje! – ela cruzou as mãos, implorando. – Por favor, por favor?

– Para de ficar com essa cara de cão abandonado! Eu vou!

– Ah, que maravilha!

No final da aula, Brenda foi para a casa de Megan, que ficava no caminho do centro da cidade. Conversavam sobre o vestibular que fariam no fim do ano. O sonho de cada uma era ingressar em uma faculdade pública, a mesma, por sinal, e, assim, continuariam a amizade que tinha nascido dois anos atrás. Elas eram inseparáveis.

Após almoçarem, foram conhecer o Cyber Café.

Quando chegaram, ficaram impressionadas com o tamanho do lugar. Em cima, ficava uma pequena livraria e, embaixo, uma lanchonete que dividia espaço com dez computadores de última geração. Elas sorriram entre si e se apressaram para chegar perto das máquinas. Megan perguntou a um dos atendentes se podia usá-los, e a resposta metódica foi que apenas clientes poderiam utilizá-los.

– Não tenho dinheiro, amiga – Megan sussurrou para Brenda.

– Eu também não – elas sorriram –, nenhum tostão furado.

– Poxa, que pena!

– Vamos lá em cima, então, para ver os livros. Isso deve poder...

– Não gosto tanto de livros como você, mas vamos. Fazer o que, não é?

As amigas subiram as escadas que davam para o andar superior. Havia sete prateleiras divididas por temas, compostas por livros em ambos os lados. As meninas separaram-se. Megan foi para o lado dos livros de informática e computadores, enquanto Brenda foi analisando os temas e parou em Autoajuda. Um livro em destaque chamou sua atenção; o título era: *Superando seus limites*. Ela folheava o livro e não percebeu que uma bela senhora se aproximou.

– Olá, querida! – disse a senhora, com simpatia. – Procura algo em especial?

– Mais ou menos. Na verdade, só estou olhando... – Ela arqueou as sobrancelhas. – Trabalha aqui?

– Ah, sim! Sou responsável por esta parte dos livros. Posso te indicar um muito bom.

– Adoraria, mas não tenho dinheiro hoje.

– Gosta de ler?

A senhora não pareceu se importar com o comentário da menina.

– Adoro! É um dos meus passatempos favoritos.

– Gosta também de computadores?

– Como sabe?

– Observei que você e sua amiga entraram entusiasmadas para mexer nos nossos.

– Ah, é! Mas o rapaz disse que é só para clientes.

– Não ligue para ele. Quando descerem, podem usar.

– Mas e se ele brigar com a gente?

– Não vai brigar. Qualquer problema, você me chama – disse, piscando um dos olhos.

– Legal, então!

– O que gosta de ler?

– Romances, autoajuda, ficção... Gosto de tudo um pouco.

– Hum... – a senhora colocou a mão no queixo, tirou um livro da estante e o entregou à garota. – Devia ler este.

– *Vivendo além dos sonhos*? – Brenda franziu o cenho, surpresa. Aquela senhora, sem nunca tê-la visto antes, falou exatamente sobre o que ela mais fazia: sonhar.

– Devia ler.

– Quanto custa?

– Quanto pode pagar por ele? – ela sorriu, e Brenda, por um instante, prendeu-se ao sorriso encantador que ela tinha. Era muito branca, com cabelos grisalhos e curtos, o rosto era redondinho e suas bochechas, vermelhas. Usava óculos e, mesmo através deles, Brenda via os olhos dela, azuis como o céu, brilharem.

– Hoje não posso, não recebi mesada da minha avó – suspirou fundo.

– Se prometer que irá ler, eu te dou de presente.

– Como assim? Nem me conhece! – assustou-se e deu um passo para trás.

– Acho que você é uma boa menina... E, se gosta de leituras, mostra o quanto é sensível e inteligente.

Brenda assustou-se com tamanha educação da senhora e ficou receosa.

– Adoraria, mas me lembrei de que tenho que ir. Eu volto outro dia.

Devolveu o livro à senhora, que continuou com um sorriso de satisfação no rosto. Enquanto dava passos de costas, acabou se chocando contra Megan, que olhava distraída outra estante de livros.

– Ai! – disseram juntas.

– Vamos embora, amiga! – disse Brenda, assustada.

– O que foi?

– Se vocês mudarem de ideia, podem usar os computadores – lembrou a senhora, ainda com um sorriso gracioso nos lábios.

– Quem é ela? – perguntou Megan.

– Não sei e não quero saber!

– Ela disse que podemos usar os computadores!

– Não quero mexer!

Megan sorriu antes de descer a escada e acenou para a senhora.

– Podemos vir outro dia? – perguntou, segurando no corrimão.

– Sempre que quiserem.

– Ouviu isso, Brenda? Ela disse que podemos usar sempre que quisermos!

– É! Mas hoje não quero mais usar!

– O que aconteceu?

Agarrada ao braço da amiga, Brenda foi andando rápido para o lado de fora.

– Dá para me dizer o que aconteceu?

– Aquela senhora!

– O que tem ela?

– Ela é esquisita! Ela queria me dar um livro, disse que trabalha ali!

– Só por causa disso você ficou desse jeito?

– É claro! Ela queria me dar um livro que fala sobre viver além dos sonhos! Como ela sabia que eu vivo no mundo da lua?

– Foi coincidência, não seja boba! Você parece doida às vezes, Brenda! Amanhã voltaremos lá.

– Não vou.

– Vai, sim! Você conhece o computador da minha casa, ele é lerdo demais. E o seu é pior! Aquele Cyber Café é um sonho! E a senhora disse que podíamos usar sempre que quiséssemos – protestou.

– O que eu tiver que fazer, peço ao Gu. Vá sozinha, porque eu não vou!

– Vou mesmo!

As amigas voltaram para suas casas a fim de fazer o trabalho que o professor de Química havia passado.

Naquela tarde, Brenda fez pesquisas na internet, e logo percebeu que Megan e Gustavo estavam online. Gustavo as chamou para irem à casa dele fazer o trabalho juntos, mas elas não quiseram ir. Todos sabiam que só ficavam mexendo no computador em vez de fazer os deveres. Os três adolescentes eram superinteligentes quando o assunto era computador. Brenda sempre foi muito curiosa e logo no início da adolescência começou a desvendar os segredos do universo da informática. Em contato com outros curiosos, aprendeu a passear até mesmo em espaços proibidos. Através dessas aventuras cibernéticas, conheceu Megan, que, por incrível coincidência, começou a estudar na mesma escola de Brenda. Não foi difícil encontrar Gustavo no meio desse alto padrão de aspirantes a *hacker*. O desejo de cada um era, no futuro, conseguir um bom emprego para, quem sabe, compensar a indiferença dos alunos que não gostavam de se misturar com os nerds da escola.

Com muita dificuldade, a garota terminou o trabalho, mas o sorriso da senhora do Cyber Café não saiu da sua cabeça. Perto das sete horas, a vó lhe chamou para jantar.

Brenda estava distante. Sempre comia naquele horário para evitar o encontro com o pai, um homem rude e cruel que não precisava de motivos graves para maltratá-la. A vó sempre a defendia, mas seus quase sessenta anos a impediam de ter a força necessária para proteger a neta das agressões de Murilo, uma cena comum no cotidiano daquela casa. Naquela noite, ele chegou irritado por causa do trabalho e começou a discutir com Matilde.

Brenda ficou espiando por trás da porta.

O clima estava pesado na cozinha. Brenda estava com muita vontade de ir ao banheiro, pensou e repensou, mas, como o pai não ia embora, resolveu aparecer.

– Boa noite – disse ela, indo ao banheiro.

– Oi – ele respondeu, seco.

Usou o banheiro e depois ficou enrolando para sair de lá. Torcia para que o pai fosse dormir diante daquele mau humor. Como ele não saiu dali, ela resolveu deixar o banheiro, cuja porta dava para a cozinha.

– Vó, vou dormir. – Matilde lavava a louça.

– Durma com Deus, querida.

– Sente-se aqui, Brenda – ordenou Murilo, asperamente. Ela obedeceu. – Conversei com um colega de trabalho e ele me disse que consegue arrumar um emprego para você como estagiária nessas coisas aí que você faz de computadores. Pensei em colocá-la para estudar à noite, aí você pode trabalhar durante o dia.

– Já conversamos sobre isso, Murilo – interrompeu Matilde. – Brenda tem apenas 17 anos, vai fazer 18 e tem que estudar.

– Não se meta! – gritou ele, e Brenda enrijeceu os músculos, com medo.

– Não posso assumir algo integral, estou estudando para o vestibular – ela mansamente baixou os olhos.

– Acha mesmo que é inteligente o suficiente para competir naquele curso disputado?

– Acho que sou. Meus amigos e eu temos estudado bastante.

– Cai na real, garota! Arrume alguma coisa em que trabalhar! Não vai ser ninguém na vida!

– Vou me formar e serei gerente de uma grande empresa de computadores – declarou com convicção.

– Só pensa nisso? – ele bateu com força na mesa. O nó na garganta lhe apertou. – Só pensa nessa droga de computadores?

– Embora não seja o talento que eu gostaria de ter, gosto disso – disse ela entredentes. – Devia saber.

– Essa sua teimosia é igual à da sua mãe, aquela idiota!

Brenda detestava que o pai ofendesse a mãe, que ela não conheceu. Embora convivesse com o turbilhão de sentimentos pela mãe, no mais profundo do seu ser, queria conhecê-la. Matilde já sabia que o clima ia ficar pesado e se colocou entre os dois.

– Melhor ir dormir, querida.

– Não acabei ainda! – ameaçou Murilo.

– Sou boa porque me pareço com ela! – Brenda respondeu com desprezo.

Nos últimos meses, ela não suportava mais abaixar a cabeça para a maldade do pai. Ao se levantar, Murilo a segurou com força pelo braço.

– O que você disse?

Brenda encheu-se de coragem e, com o coração carregado de raiva, disse:

– O que você ouviu!

– Repita.

– Você ouviu! Sou boa porque me pareço com minha mãe e não me pareço em nada com você!

Murilo, irado, não hesitou e acertou o rosto dela com um tapa.

– Para com isso! – gritou Matilde, segurando o filho.

– Eu te odeio! – Brenda correu para o quarto com a mão no rosto.

Ela trancou a porta e escorregou encostada nela, chorando. Ainda ouviu os gritos do pai e da avó. Murilo era rude, empurrou a mãe contra a parede, e Matilde chorou magoada. Ele foi para a rua proferindo todo tipo de xingamento às duas. Certamente terminaria a noite bebendo com seus amigos, não a ponto de perder os sentidos, pois sabia que não podia perder o emprego miserável que tinha como vendedor de móveis, como assim o classificava.

Não demorou muito e Brenda ouviu a porta da cozinha sendo fechada com força, o que a assustou. Encolhida no canto, ela abraçou os joelhos. Novamente, assustou-se quando a avó, gentilmente, deu duas batidinhas na porta, pedindo para que ela abrisse. A menina continuou em silêncio.

– Isso tudo um dia vai passar, filha, você vai ver.

Matilde suspirou fundo e desistiu de ter uma conversa com a neta. Sabia que ela sempre escolhia o silêncio em vez de conversar sobre o assunto.

A menina ainda chorou por um tempo.

Mais tarde, tirou a bermuda jeans e colocou o pijama. Deitou na cama, totalmente ferida por dentro. Foi se encolhendo, encolhendo, parecida com um bichinho acuado, em seu coração as marcas que não cicatrizavam, uma vida que não escolheu.

– Ah, mãe, será que um dia eu vou encontrá-la? Queria que me tirasse desse pesadelo em que vivo quase todos os dias. Queria você aqui comigo... – ela dizia entre lágrimas. – Por que você foi embora? Por quê? Por favor, me encontre, mãe...

Brenda desejou em seu interior, como nunca antes, uma vida melhor do que aquela. Seu rosto ainda ardia por causa do tapa.

Mas, naquela noite, a dor foi diferente. Por um instante, lembrou-se da ternura contida no olhar daquela senhora do Cyber Café. Uma ternura como nunca vira antes. Sentiu algo materno que não pôde entender.

Começou a imaginar – como sempre fazia à noite – o dia em que, enfim, encontraria seu príncipe. Talvez ele viesse a cavalo branco para resgatá-la de um rei tirano. Esse príncipe era Matheus. Sentiu uma repentina esperança em seu interior e ali adormeceu com aqueles pensamentos.

Brenda era uma menina sonhadora, e alguns de seus sonhos continham um significado. Outros eram rotineiros, apenas frutos de sua mente cansada do decorrer do dia. Porém, naquela noite, algo muito inusitado e estranho aconteceu. Um sonho singular encontrou-se com seu inconsciente, fazendo com que ela fosse levada para a vida dos seus sonhos, a vida que sempre desejou.

E assim sonhou naquela noite...

capítulo 2

A realidade é mais doce

No mundo dos sonhos

NAQUELA COSTUMEIRA MANHÃ DE AULA, Brenda estava na porta da escola. Olhou rápido para seu uniforme impecável e concluiu que era mais um dia, apenas um simples dia de aula.

Entrou pelos portões da escola e logo se encontrou com Megan.

– Brenda? – declarou assustada, entrando na frente da amiga.

– Oi – disse ela em tom normal.

– O que aconteceu com você?! – o rosto estava estupefato e o queixo não segurava mais a boca fechada.

– Nada, por quê?

Megan deu um sorrisinho como se não estivesse acreditando.

– Depois me diz que não tem talento! – ela colocou as mãos na cintura. – É uma atriz!

– O que foi? Por que está falando isso?

– Quer parar, amiga? Não se olhou no espelho hoje?

– Não! E não quero que fale nada da minha aparência! Sabe que meu espelho e eu não somos melhores amigos.

– Pois hoje você devia encará-lo.

– Não venha com seus sermões sobre como devo enfrentar minhas neuras e...

– Brenda, para! – Megan a empurrou com força. – Quero saber por que está desse jeito! Está outra pessoa, linda!

– Ai, ai... – Brenda suspirou fundo. – Não venha também com essa sua solidariedade, fingindo que estou linda só para que eu me convença de que o sou!

– Ah, não! – Megan revirou a mochila procurando por um espelho para convencê-la sobre o que estava falando.

Brenda continuou descrente, olhando ao redor. Percebeu que alguns meninos passaram por ela e a olharam de uma maneira diferente. Ela franziu o cenho, estranhando aquela reação.

– Agora para com esse teatro besta e olha isso! Me explica, por favor, o que é!

Megan deu o pequeno espelho para a amiga. Brenda, cética, suspirou e, relutante, olhou para o espelho. Ao se deparar com a imagem refletida, ficou sem ação.

– Vamos, Brenda! Me diz, o que aconteceu com você?

Brenda estendeu a mão lentamente para tocar no próprio rosto. Não estava usando óculos. Fitou seus olhos de mel. *São lindos*, ela pensou. Seu rosto estava sem nem uma mancha ou espinha. Ela afastou o espelho e, em um relance, viu seus cabelos, lisos, com a franja lindamente jogada para o lado. Não se achava mais no reflexo. Para onde fora a Brenda feiosa de sempre? Era o que pensava.

– Estou esperando sua explicação! – disse Megan, cruzando os braços.

Brenda passou a mão nos cabelos acompanhando o gesto no espelho. Pareciam os cabelos das modelos de xampu para cabelos lisos: perfeitos e sem fios soltos. Olhou novamente a boca, os olhos, tentando se reconhecer através da imagem refletida.

– O que aconteceu com você? – Megan estava irritada, reprimindo a vontade de sacudi-la.

– Eu... E-eu não... Nã-não sei – respondeu, ainda atônita.

– Brenda! – Megan a sacudiu, tentando tirá-la daquele pasmo.

– Eu não sei o que aconteceu comigo!

Novamente ela se olhou no espelho. Jamais na vida estivera tão linda.

– Como não sabe? Ontem era a Brenda de óculos e cabelos mal cuidados. Hoje é uma modelo! O que foi? Seu pai ganhou na loteria?

– Megan – disse Brenda assustada, olhando para a amiga –, eu juro que não sei!

– Como não sabe? Acordou assim?

Ela afirmou levemente, balançando a cabeça.

– Para com isso, Brenda! Me diz logo!

Assustada com sua nova aparência e não acreditando no que tinha visto, Brenda pegou o braço de Megan com força e puxou-a para o banheiro, ignorando seus apelos para que a soltasse e dissesse o que estava acontecendo. Diante do enorme espelho, ficou novamente paralisada. Era outra Brenda, aquela ali não era ela.

– Quem sou eu? – perguntou, espantada, tocando o rosto lentamente.

– Para com isso!

– Juro que não me reconheço – ela disse, puxando os fios do cabelo.

– Agora me conte o que aconteceu! A verdade, senhorita Brenda!

O sinal do início da aula tocou.

– Juro que não sei, Meg! Ontem eu me lembro de que meu pai brigou comigo! Chorei, dormi e acordei assim! Do jeito que... que sempre sonhei... – seu tom de voz acalmou-se quando se olhou novamente no espelho.

– Quer saber? Cansei! Quando quiser me dizer o que realmente aconteceu, eis-me aqui!

Irritada, Megan pegou a mochila e foi andando para a porta. Brenda deu uma última olhada e correu atrás da amiga, segurando-a pela mochila.

– Meg! Para, poxa! Acredite em mim! Juro que meu pai não ganhou na loteria, juro que não fiz nada demais! Aconteceu e pronto!

Megan suspirou fundo, sabia que o olhar brilhante da amiga era a prova de que estava falando a verdade.

– Pode só me dizer onde fez o cabelo? – ela deu um sorrisinho.

– Não sei! – Brenda sorriu e abraçou o pescoço da amiga.

– Você está linda demais.

– Preciso confessar que também acho.

Elas sorriram e foram caminhando para a sala de aula. Ao entrarem na sala, depararam-se com Gustavo. Brenda estranhou, pois Gustavo parecia que sempre estivera acostumado com a aparência dela. Cismada, perguntou:

– Não notou nada de diferente em mim, amigo?

– O quê? – ele riu.

Megan insistiu para que Gustavo inspecionasse Brenda, mas ele achou estranho e afirmou que Brenda estava com a mesma cara de sempre. O amigo negou com a cabeça e foi conversar com alguns colegas de classe, deixando as meninas ainda mais cismadas.

Megan puxou Brenda até o professor, que entrava na sala. Ele riu e disse que Megan adorava fazer piadinhas. Foram até outra menina da classe, e ela também pensou que se tratava de uma brincadeira.

As duas amigas, desconfiadas, não prestaram atenção à aula. Ficaram se olhando, sem entender o que realmente estava acontecendo. Brenda começou a pensar que só podia estar ficando louca, pegou novamente o espelho pequeno na bolsa e se olhou. A aparência era a mesma de dez minutos atrás.

Ela não parava de pensar naquele fato memorável, enquanto Megan copiava a matéria do quadro, totalmente pensativa.

– Não entendo. Como as pessoas acham que você sempre foi assim?

– Não sei, mas vou descobrir. Já sei: minha vó! Ela... Não a vi hoje cedo.

O sinal do intervalo tocou. Gustavo passou correndo por elas e foi para a fila da cantina. No caminho, avistaram Lilian e suas seguidoras, que fizeram cara de desdém para as duas.

– Ai, eu odeio esse cheiro de óleo! – disse Megan em volume alto para que as rivais pudessem ouvir.

– Sua ridícula! Sebo está no seu cabelo e no da sua amiga, que hoje o encheu de óleo! – Lilian fez as amigas rirem.

– Isso aqui não é óleo – disse Megan, mostrando os fios soltos do cabelo de Brenda. – Mas acho que o seu é, não é, colega?

– Vamos, Megan! – Brenda a puxou e fizeram careta para o grupinho.

Na fila da cantina, alguns conhecidos não notaram nenhuma diferença em Brenda, o que deixou as duas ainda mais desconfiadas.

– O que vamos comer? – ela perguntou, procurando os cinco reais que sempre carregava no bolso da calça jeans.

– Hoje você paga pra mim? – Megan deitou no ombro da amiga.

– Quem pagou ontem?

– Eu, não é? Que ideia! Hoje é você!

– Por que não me lembro disso?

– Porque sempre se esquece do óbvio! Vai lá, paga logo e para de reclamar!

Brenda ficou pensativa e olhou para a cara da amiga, que sorria satisfeita.

Ao enfiar a mão no bolso e puxar uma nota, a que veio foi de cinquenta. Negou com todo o corpo, olhou de novo a nota e encarou Megan.

– Ganhou mesada de novo?

– Acreditaria se eu dissesse que não sei como esse dinheiro veio parar aqui?

– Não – Megan cruzou os braços.

– E aí, gatinhas? – disse um menino, acompanhado de um grupo de amigos, que passou e mexeu no cabelo de Brenda. Ela reprovou a atitude dos rapazes com o olhar, mas eles riram e mandaram beijos.

– O que vão querer? – perguntou a atendente da cantina pela segunda vez, tirando Brenda do foco dos meninos.

– Ahn? Eu... Bem, eu vou comer um Big Burgão!

As duas se entreolharam e riram, Brenda deu de ombros.

– Ah, eu também quero o maior! – disse Megan animada. – Já que minha melhor amiga agora é rica, também quero esse chocolate aqui! E um enorme copo de morangos ao leite!

– Não abusa, tá? Não sei nem de onde veio esse dinheiro! – ela sussurrou.

– Ah, Brenda, para! Deve ser da sua mesada e só! Eu vou me sentar!

Enquanto comiam animadas, conversando sobre os últimos e estranhos acontecimentos, Brenda avistou Matheus. Ela suspirou fundo, com os olhos brilhando.

– Nem vou olhar – falou Megan, com a boca cheia. – Aposto que é o Matt. Quando você fica com essa cara de panaca apaixonada, só pode ser ele. Acertei?

– Aham – ela suspirou novamente.

Naquela manhã, Matheus a olhou de maneira diferente enquanto Lilian o cercava, tentando chamar sua atenção.

– Ou eu estou ficando maluca, ou o Matt está olhando para mim – comentou Brenda, disfarçando o olhar.

– Deve estar olhando para alguém atrás de você. Mas hoje você está tão linda que pode ser mesmo.

Brenda esqueceu-se do sanduíche e olhou disfarçadamente para trás e, percebendo que não havia ninguém atrás de si, concluiu que Matheus realmente estava olhando para ela. Sussurrou espantada quando notou que realmente era o alvo.

Matheus pareceu se despedir de Lilian e fez algum comentário para os amigos do basquete, sem desviar o olhar de Brenda. Passou por ela e acenou com a cabeça. Um dos seus amigos pendurou-se no pescoço dele, levando-o para fora dali.

Brenda não se movia, olhando-os enquanto se distanciavam.

– Cara, fecha a boca! – Megan jogou uma bolinha de papel no rosto da amiga. – Quase acerto sua boca aberta!

– Ele olhou para mim, ele olhou! Eu vi!

– É, gente... As coisas nesta escola andam meio doidas mesmo! Matheus Borges olhando para você...

– O que está acontecendo? Meu Deus! – Brenda olhou para o hambúrguer e apoiou a mão na testa.

– Por que não aceita o fato de que está linda?

– Mas eu nunca fui linda.

Ela olhou para trás de Megan e viu dois rapazes na fila, paquerando-a. Não acreditava que era com ela.

– Você já me irritou! Espera aí! Ei, você!

– O que está fazendo, maluca? – sussurrou Brenda, entredentes.

– Essa é minha amiga, Brenda – disse Megan, com a mão no ombro do rapaz. – Ela está na dúvida se é bonita ou não. Queremos uma opinião masculina, você pode contribuir?

Brenda abaixou a cabeça, envergonhada.

– É claro que posso dar minha opinião – disse o rapaz sorrindo, enquanto Megan mordia o lábio, prendendo o riso. – Vou ganhar o que com isso?

– Só para dar uma opinião?

– É, oras! Tipo, vocês poderiam sair comigo e meu amigo ali.

– Dá para você falar logo se acha ou não minha amiga bonita?

– Se ela é bonita? Cara, ela é linda.

Brenda disfarçou e abaixou a cabeça, com as bochechas vermelhas.

– Valeu, era só isso! – disse Megan.

– O que é isso, colega? E a nossa saidinha?

– Não prometi nada, agora saia!

O rapaz ainda tentou beijar o rosto de Megan, mas ela não permitiu.

– Sua palhaça! – Brenda chutou o calcanhar dela. – Por que fez isso?

– Ai, fica com a ladainha de que não é bonita! Pelo jeito só nós mesmas é que notamos a diferença em você!

Brenda perdeu a vontade de comer o hambúrguer e o jogou na bandeja. Era bem difícil acreditar que tudo aquilo estava acontecendo. Olhou para o lado e viu, próximo dali, seu amigo Fernando.

Logo sorriu satisfeita. Enfim, encontraria uma explicação para tantas cenas estranhas.

– Megan, o Fernando! Vou lá! Ele vai saber me explicar o que aconteceu!

– Que Fernando?

– O Nando!

– Acho que a chapinha afetou seu cérebro! – Megan voltou a comer.

– Ai, pelo amor de Deus! Olha o Fernando lá!

Megan olhou e sorriu.

– Eu sei que aquele é o Fernando. Aliás, ele é o maior gatinho! Mas ele não é seu amigo, você nem fala com ele. Pelo que sei, vocês nunca foram amigos.

– Para com isso! Você sabe que o Fernando e o Gu são meus dois únicos amigos homens e... Ah, quer saber? Não quero te explicar o óbvio agora!

Sorrindo, Brenda afastou-se da mesa e foi em direção a Fernando, que estava rindo com mais três amigos.

– Oi, Fernando! – ela o cumprimentou, afobada.

– Oi – ele franziu o cenho.

– Posso falar com você em particular?

– É claro – ele riu.

Os amigos dele esboçaram alguns comentários provocantes e se afastaram. Nesse mesmo instante, o sinal tocou, revelando que o intervalo havia acabado.

– O que quer falar comigo?

– Por que está agindo como se não me conhecesse?

– Seria pelo fato de nunca termos conversado? – ele sorriu, cético.

– Para com isso! Por que está falando assim?

– Seu nome é... – ele ficou pensativo. – Brenda! Isso, Brenda! Nós nunca trocamos palavras.

– Como não? Você é meu amigo! Ontem mesmo falamos sobre meus problemas! Está me dando gelo? O que eu fiz?

– Ei, ei! Está doida, menina? Nunca conversamos! Eu só conheço você de vista.

– Para com isso, por favor! – disse Brenda, com os olhos úmidos. – Você é meu amigo, fiz uma planilha para você no começo do ano e, por isso, acabamos nos tornando amigos.

– Não sei do que está falando. Precisamos ir, o sinal já tocou.

– Fernando... Por que está agindo como se não me conhecesse?

– Vamos, meninos! – disse um dos coordenadores da escola.

– Tenho que ir. Você precisa descansar, está treinando muito e deve estar cansada.

– Do que está falando? – ela se apressou e segurou o braço dele com força.

– Vamos! Não podem ficar aqui, meninos! – apressou o coordenador.

– O que deu em você, menina? – indignou-se. – É a jogadora do time de basquete da escola, ou se esqueceu disso também?

– Fernando, me explica! Por favor!

– Ok.

Ele voltou a se aproximar de Brenda.

– Já vamos, José, nos dê dois minutos.

– Não demorem! – o coordenador se afastou.

– Me diz? – implorou.

– Bem, pelo que sei, até ontem você era a bela Brenda, que é titular do time de basquete feminino e uma das garotas mais populares da escola.

Brenda ficou chocada com a revelação.

– E, se eu não sou louco ou algo assim, nós nunca fomos amigos e você nunca quis conversar comigo.

Ele cerrou os lábios e saiu de perto dela. Ela ficou sozinha, ouvindo o barulho das árvores roçarem seus ouvidos. Nada daquilo era real, e ela se sentiu presa em um mundo novo e muito estranho.

Brenda ficou atordoada e saiu andando na direção contrária à da sua sala. Lágrimas quentes rolavam pelo rosto. Ela realmente pensava que estava ficando louca, seu grande amigo não a conhecia. Todos estavam acostumados com sua nova aparência, menos ela e a melhor amiga. As perguntas sem respostas fervilhavam na sua mente. Limpava os olhos e eles voltavam a se encher.

Foi parar no lugar para o qual costumava ir quando queria fugir: a arquibancada do campo de futebol. Viu vários alunos se preparando para treinar. Alguns acenaram para ela.

Seu coração estava apertado. Estava com medo e assustada.

Lembrou-se do amigo e de como ele sempre esteve presente em sua vida. Esforçou-se para se lembrar de detalhes, mas não conseguiu. Chorou profundamente e em silêncio. Abraçou os joelhos e desejou que tudo aquilo fosse um pesadelo.

O sinal da troca de aula tocou.

No mundo real

Brenda acordou assustada. Levantou suada da cama e olhou seu celular, que ainda tocava desesperado. Limpou o rosto e respirou fundo.

– Meu Deus, que loucura!

Olhou ao redor e reconheceu seu quarto de sempre. Concluiu que tivera apenas um sonho, um louco sonho. Passou os dedos no rosto e sentiu lágrimas. Levantou-se e olhou no espelho. A realidade de sua aparência era contrastante à do seu sonho. Suas espinhas haviam voltado e seu rosto era distorcido, precisava dos óculos. Voltou depressa ao quarto e pegou-os na sua escrivaninha. De volta ao espelho, tudo estava do mesmo jeito. Foi apenas um sonho, nada mudou. O que havia acontecido? Ela não sabia, mas estranhou as lágrimas no rosto.

Nossa, isso foi intenso demais! As lágrimas vieram do sonho, pensou.

Triste, Brenda foi para o banheiro. Queria que o sonho tivesse sido realidade, pelo menos para a sua beleza.

Ficou pensativa e não contou à avó o que tinha acontecido. Caminhou para a escola ouvindo música pelo celular. Distraída em uma melodia com notas tristes, pensou e, ao mesmo tempo, desejou que parte de tudo aquilo que sonhou fosse realidade. Foi tirada dos seus devaneios por Gustavo, que lhe deu um cutucão e a abraçou.

– E aí? O que está ouvindo? – disse ele, enquanto pegava um fone e o colocava no ouvido.

– O de sempre.

– Credo! Que música chata!

– Não seja chato! Eu adoro a Taylor.

– Mas ela tem outras músicas legais, você só escuta essas melancólicas.

– Não enche, Gu. Eu adoro essa mulher.

– E o que você tem hoje? Está com uma cara de derrota declarada – fez careta.

– Nada demais, apenas um sonho doido.

– Fala pra mim?

– Depois te conto, amigo – ela virou-se e beijou o rosto dele.

– Pode ir me contando o que foi – Gustavo a segurou pelo braço e pararam de andar. – Eu não acredito que foi de novo aquele desgraçado!

– Já me acostumei.

– Então não tem nada a ver com o sonho? Tem a ver com aquele miserável que fica na sua casa?

– A gente sempre briga por alguma coisa – ela disfarçou o olhar.

– Ele bateu em você?

Ela tentou disfarçar, suspirou fundo e virou o rosto de lado.

– Eu juro que ainda vou acabar com esse... – Brenda olhou rápido para Gustavo e tapou a boca dele com a mão. O amigo adorava xingar o pai dela.

– Não xingue ele.

– Mas que droga, Brenda! – esbravejou. – Esse desgraçado sempre faz alguma maldade e você nunca me deixa fazer nada! No mínimo, tinha que me deixar colocar a polícia atrás dele!

– Sabe que não pode fazer isso! Quem iria nos sustentar? O que minha vó ganha ela investe tudo em mim! Além de separar todo mês uma economia pra mim, é ela quem paga as contas da casa e mal sobra para as outras dívidas.

– Já disse que conversei com minha mãe e ela deixou eu dar minha mesada pra você e até ajudá-la no que for preciso! Isso nunca foi o problema!

– Não quero isso, Gustavo! Não por orgulho, mas no momento não podemos ficar sem ele. E, por mais que eu o odeie pelo que ele faz, é meu pai. Não desejo que vá para a cadeia.

– Você é boazinha demais! Odeio aquele cara! Mas escuta, se ele encostar o dedo em você de novo, juro que vou dar uma surra nele!

– Não vai fazer isso. Ele pode querer se vingar.

– Não tenho medo e você sabe disso.

– Vamos mudar de assunto? Por favor?

Gustavo suspirou e passou a mão nos cabelos molhados.

– Você ficou legal?

– Fiquei, amigo, fiquei...

Gustavo puxou-a pelo punho e a aninhou em seus braços. Brenda não pesava mais do que 53 quilos, distribuídos em seu 1,63m de altura. Gustavo era alto. Tinha 1,80m de altura e 78 quilos, o que fazia com que Brenda desaparecesse em seu abraço. Ele a beijou no alto da cabeça.

– Se ele fizer de novo, esqueço que ele é seu pai. Fique bem, adoro você.

Brenda esticou um sorriso forçado.

– Vou esquecer esse detalhe – disse ele, apontando para ela com o indicador.

Ela continuou caminhando pensativa e lembrou-se novamente do sonho. Olhou ao redor, procurando Fernando. Queria se convencer de que foi só um sonho e que ele ainda continuava a ser o seu querido amigo de sempre.

Foi tirada de sua concentração quando alguém tapou seus olhos. Baixinho, disse que era Megan, e a amiga resmungou, queria que a surpresa tivesse sido mais convincente. Como um estalo, Brenda falou sobre o sonho esquisito que tivera.

– Seus sonhos sempre são loucos! – a amiga riu abertamente.

– Não! Dessa vez foi diferente! Eu sonhei mesmo!

– Sonhou dormindo?

– É claro, né? De que outra maneira eu sonharia?

– Você? Até de olhos abertos! Mas me diga: com o que sonhou?

Brenda relatou detalhadamente. Atenta, Megan concluiu que tinha sido apenas mais um dos sonhos da amiga, mesmo que tenha sido diferente de todos os outros, até o fato de ter acordado com lágrimas nos olhos. Brenda suspirou frustrada e concordou.

Mais uma aula de matemática, e as duas não conseguiram prestar atenção na explicação. Principalmente Brenda, que ficou a maior parte do tempo pensando na vontade de se encontrar com Fernando.

Passou todo o intervalo procurando o amigo e não o encontrou. Ficou aflita e inquieta.

Não se contendo mais, pegou o celular – como sempre, sem créditos para ligações –, tomou coragem e, pela primeira vez, ligou para ele a cobrar. Ela sabia que o celular dele era um rádio que ele usava para falar com o pai, ajudando-o nos assuntos da sua pequena empresa de desenho industrial. Era a profissão que o amigo queria seguir, tinha talento nato para o desenho.

Brenda esperou. Chamou até cair na caixa-postal.

Tentou de novo e, na terceira chamada, a musiquinha de ligação a cobrar parou e ela falou seu nome. Do outro lado, uma voz cansada atendeu o celular.

– Alô? Brenda?

– Fernando? Me desculpa por eu ligar a cobrar, mas não te vi hoje aqui na escola. Queria falar com você.

– Tudo bem, Brenda. Pode me ligar a cobrar, sim. Aliás, gostei que tenha me ligado. Eu realmente não estou aí na escola.

– Por quê? Cadê você?

– Peguei uma baita virose e fiquei de cama hoje. Estou gripado e com dores no corpo.

– Meu Deus! Foi ao médico?

– Cheguei agora há pouco. Mas então, sentiu minha falta?

– Um pouquinho, mas não se acostuma, não.

– Fico feliz que tenha notado minha ausência.

– É que... Eu queria conversar com você.

– Sobre o que falamos ontem?

– Não. Aliás, agradeço por ter me ouvido. Mas é sobre um sonho que tive hoje.

– Sonho? Me conta?

– Não, Nando. Não quero ficar abusando de ligar para você a cobrar e ainda ficar pendurada no telefone. Amanhã eu te conto e...

– Para, garota! – ele sorriu do outro lado. – Me diga!

– Eu conto quando voltar. Fico feliz que ainda seja meu amigo – ela sorriu, satisfeita, respirando aliviada.

– Por que está dizendo isso? No sonho eu não era seu amigo?

– Depois te conto.

– Beleza, então. Se mudar de ideia, ligue para mim de novo. Ou, se quiser mandar um recado, peça para meu irmão trazer.

– O Renato? Hum... Não sei, não. Você é um amor, Nando, mas seu irmão é muito metido!

Ele soltou uma risada ao celular. Brenda sorriu com ele.

– Não é o que as outras meninas dizem.

– É claro, só porque é bonitinho e anda se exibindo com o carro que seu pai deu a ele.

– E eu? Você me acha bonitinho também?

O rosto dela corou enquanto um silêncio perdurou na ligação.

– Só um pouquinho – eles sorriram.

– Ok, ok, não vou mais perguntar – Fernando riu.

– Mas, se precisar, engulo minha antipatia por ele e mando recado.

– Esquece o Renato, prefiro que me ligue.

Logo que recuperou o ar, despediu-se de Fernando e mandou que ele se cuidasse. Ficou aliviada por saber que ele ainda era seu amigo. Seus pensamentos insistiam em voltar ao sonho da noite anterior.

O sinal da última aula tocou, ela pegou a mochila e a colocou nas costas. Seus pensamentos, como sempre, estavam longe dali. Andando ao lado de Megan, ela sugeriu que poderiam ir ao Cyber Café. Compenetrada em seus pensamentos, Brenda não ouviu, até ganhar um empurrão da amiga, exigindo que ela despertasse.

– Ahn? Que foi?

– Ai, Brenda, acorde! – reclamou Megan. – Vamos até o Cyber?

– Poxa, já estou faminta. Vamos pra casa primeiro? E não temos que estudar? Fomos lá ontem e não estudamos.

– Não seja chata, eu queria mexer no computador só uma vez. Vamos, por favor!

Na verdade, Brenda queria ir. Queria saber o que tinha naquele misterioso livro que a senhora havia lhe oferecido. Resolveram trocar os estudos naquela tarde pelo novo point.

Devido à fome de todos, Gustavo levou as meninas para sua casa para que almoçassem juntos. Brenda pegou o celular do amigo e ligou para a avó, dizendo que comeria fora. Ele morava em uma casa grande e muito bonita, de dois andares e com um enorme quintal. A família dele era uma das mais ricas da cidade. O pai era presidente de uma grande siderúrgica, e a mãe era responsável por uma grande empresa de softwares para computadores. Há um ano, eles tinham se instalado naquela cidade, quando o pai de Gustavo assumiu a presidência da empresa.

Sentaram-se à mesa para almoçar. Magnólia, a empregada, não gostou muito de ter que preparar algo a mais para as meninas, mas disfarçou.

– Quando vamos conhecer seus pais, Gu? – perguntou Megan ainda com a boca cheia.

– Minha vida é assim e vocês sabem disso. Eles quase não param em casa.

– Faz cinco meses que a gente se conhece e nunca vimos seus pais.

– Pois é, meninas, podem se acostumar, porque eu já me acostumei. No meu último aniversário, quando achei que poderia fazer aquela festa legal, tive que viajar com minha mãe para o Canadá.

– Ai, Gu! Fala sério! Você foi para o Canadá e esquiou na neve, o que queria mais?

– Verdade – ele sorriu.

– É, Gu, tem gente que está morrendo de ciúme porque a tal Melissa está te paquerando... – Brenda sorriu. Megan olhou de cara feia para a amiga.

– Sério? – ele abriu um sorriso. – Não acredito!

– Mentira da Brenda!

– Mentira nada! – defendeu-se.

– Não era ciúme! Todos sabemos que aquelas nojentas são umas interesseiras! Só estão se aproximando do Gustavo por causa do dinheiro dele!

– Ela não pareceu interessada no meu dinheiro. Até porque eu nem tenho, sou estudante ainda – ele riu. – Tenho apenas mesada. Mas não fica com ciúmes, não, gata!

– Já chega desse assunto! – disse Megan. – Vamos pro Cyber?

– Só se você olhar nos meus olhos e disser que não sentiu ciúmes – ele a desafiou.

– Não senti ciúmes – ela revirou os olhos.

– Não me olhou! Então sentiu ciúmes! – ele beijou o rosto dela.

– Vamos logo!

Quando chegaram ao lugar, eram quase três da tarde. Eles entraram e foram direto para o lugar em que ficavam os computadores. Brenda, desconfiada, ficou olhando ao redor, para se certificar de que eles realmente poderiam usá-los, ou se veria novamente a senhora do outro dia. Megan sentou-se confiante a bateu na cadeira alta, convidando Brenda a se sentar também.

Não demorou muito e o mesmo funcionário se aproximou deles.

– Boa tarde! Vocês vão querer alguma coisa?

Apenas Megan olhou e voltou a mexer no computador.

– Talvez depois... – disse Gustavo, olhando o rapaz por cima do ombro.

– É que os computadores são para os clientes.

– Somos clientes – Gustavo fitou o rapaz com a expressão fechada.

– Clientes consomem alguma coisa.

– Ei, cara, você já está enchendo a minha paciência! – Gustavo perdeu a calma, virando-se na cadeira para o atendente.

– Calma, Gu – Brenda o segurou pelos ombros. – Ei, moço, a senhora que trabalha aqui disse que poderíamos usar os computadores, independente de comprar algo ou não.

– Que senhora? – perguntou o rapaz.

– Aquela que fica lá em cima, na parte dos livros.

O rapaz olhou para cima e saiu de perto, sem falar nada.

– Cara mais otário! – disse Gustavo.

– Deixa isso pra lá, amigo. Vem, Brenda!

– Eu já vou. Primeiro vou lá em cima dar uma olhada nos livros.

Afastou-se dos amigos e subiu lentamente a escada que levava para o segundo piso. Arisca, conferiu se estava sozinha no ambiente. Foi olhando lentamente pelas estantes, procurando a senhora do outro dia. Ela entrou na mesma seção de Autoajuda. Foi passando a mão sobre os livros e procurou o que lhe fora apresentado no outro dia. Olhou em todos os lugares e, por último, o encontrou no final da fila.

– *Vivendo além dos sonhos* – ela sussurrou.

Brenda olhou o nome da autora. Ela não conhecia, mas a edição era daquele ano. Quando começou a folhear o livro, a senhora sorridente apareceu.

– Sabia que iria voltar.

Brenda assustou-se e fechou rapidamente o livro.

– Como sabia que eu ia voltar? – perguntou espantada, colocando o livro de volta na estante.

– Porque é uma menina esperta e curiosa.

– Como sabe disso?

– Porque pessoas corajosas são questionadoras.

– Eu só ia dar uma olhada, já estava indo embora.

– Fique calma, menina – a senhora riu. – Não vou brigar com você por isso. Eu disse que te daria o livro se quisesse – a senhora tirou o livro da estante e o mostrou a Brenda.

– Eu agradeço, mas não posso aceitar.

– Por que não pode? – espremeu os olhos.

– Porque eu nem conheço a senhora.

– Muito prazer, meu nome é Ângela. E o seu? – ela estendeu a mão para cumprimentá-la.

– Brenda. Sou Brenda – apertou a mão dela rapidamente e sentiu o corpo se arrepiar.

– Pronto, agora você me conhece. Leve o livro – ela o estendeu para a menina.

– Não posso. O que eu gostaria mesmo era de poder comprá--lo, mas no momento não posso.

– É inteligente, sensível e orgulhosa.

– Não sou orgulhosa! – indignou-se.

– O orgulho se disfarça de diversas formas, querida. Não pode comprar o livro e não o aceita de presente. Orgulho disfarçado. Precisa aprender a receber.

– Afinal de contas, quem é a senhora e por que está preocupada em me dar o livro ou ficar dizendo o que não sou?

Brenda foi andando de costas em direção à escada.

– Sou apenas uma amiga. Você veio atrás de respostas, e eu posso ajudá-la.

– Espera aí! Como sabe que vim atrás de respostas? Meu Deus, quem é você?

– Se tem uma virtude que eu tenho é saber esperar. Há perguntas em sua cabeça, cujas respostas eu posso lhe dar.

Brenda ficou cismada e assustada. Parou perto da escada e segurou o corrimão.

– Quem é você? Vidente ou algo assim?

A senhora soltou uma risada.

– Não, não sou vidente.

– Então como sabe que estou atrás de respostas?

– Porque você ainda não sabe quem você é.

Brenda riu nervosa, negou com a cabeça e deu mais um passo para trás.

– Sei quem eu sou!

– Quem é você? – o olhar da senhora foi desafiador.

– Que papo mais doido!

– Pode ir, querida. Quando quiser voltar, sinta-se à vontade. Não vai levar o livro?

Brenda negou com a cabeça e desceu rapidamente os degraus, passando como um furacão por seus amigos. Foi andando rápido para o lado de fora, e Gustavo e Megan foram atrás. Perguntaram o que tinha acontecido, e novamente Brenda relatou de maneira rápida e nervosa a conversa com a senhora. Gustavo, confuso, perguntou quem era ela. Brenda contou de forma atrapalhada a conversa e novamente os amigos não entenderam seu comportamento esquivo.

Os amigos aquietaram Brenda e ela não conseguiu pensar em mais nada. Novamente, a lembrança daquela senhora ficou na memória.

Foram para a casa de Megan estudar um pouco para o vestibular. Brenda forçou-se ao máximo para prestar atenção na matéria, todavia, a conversa no Cyber permeava sua mente como se fosse um filme repetido.

Perto das cinco da tarde, o motorista do pai de Gustavo passou na casa de Megan e o levou embora, assim como fez com Brenda. Ela entrou pela cozinha e leu o bilhete da avó, que dizia ter ido visitar duas de suas amigas perto dali. Comeu alguns biscoitos e ficou sentada à mesa da cozinha, pensando. Decidiu adiantar o jantar. Não havia muito o que fazer, então esquentou o feijão. Olhou no armário e viu que ainda tinha macarrão, que colocou para cozinhar com ovos. Não estava muito satisfeita de comer a mesma comida por dois dias seguidos. Respirou fundo e lamentou. Desejava conseguir um ótimo emprego quando entrasse na faculdade, ou ainda conseguir uma bolsa de estudos para ingressar em uma universidade americana. Assim, poderia estar bem perto de todas as novidades digitais. Pensava em dar à avó uma vida melhor, retribuindo todo o amor que sempre recebia da doce Matilde.

Foi quando a avó chegou. Brenda compartilhou com ela seu dia e novamente expôs seus planos para o final do ano.

Depois do jantar, como não queria encontrar o pai, decidiu ir dormir mais cedo. Antes de dormir, ficou pensando no sonho da noite anterior. Desejou ardentemente voltar a sonhar e adentrar naquele mundo que, até ali, ela não sabia se era realidade ou mentira. E conseguiu. Dormiu profundamente e foi levada a continuar aquele sonho.

capítulo 3

Será que é real?

No mundo dos sonhos

BRENDA ESTAVA LÁ, NO MESMO LUGAR, sentada na arquibancada do campo de futebol e abraçando as pernas, ainda chorando.

Olhou ao seu redor e ali o tempo não havia passado. Lembrou-se de Fernando e de que ele não a conhecia. Respirou fundo e enxugou os olhos, passou a mão nos cabelos e novamente os sentiu lisos e a pele, macia. Levantou-se e olhou para o relógio, se aproximava o horário da última aula. Decidiu não voltar para a sala e ficou esperando do lado de fora a amiga trazer sua mochila.

– Matou aula, né? – disse Megan.

– Não estava bem.

– Por que não?

– Megan, o Fernando não me conhece.

– Eu disse que ele não te conhecia, você parece doida!

– Que loucura tudo isso!

– Só quero ver o que a avó Matilde vai dizer! Vou com você até sua casa.

Elas saíram da escola e, próximo à calçada da rua, avistaram um homem usando camisa polo listrada branca e azul e calça social preta. Pararam de andar quando perceberam que o homem sorria para as duas e petrificaram quando ele abriu a porta do carro e as convidou para entrar. Um belo Fusion prata tinha o alerta ligado. Brenda olhou para a amiga e ambas franziram a testa. Olharam juntas para trás e não viram nada. Voltaram a encarar o homem, que sorria com simpatia.

– O que aconteceu, Brenda? Não vai de carro hoje? – perguntou o senhor bem trajado.

Elas se assustaram e ficaram boquiabertas, sem piscar os olhos.

– Acho melhor ligar para o Gu – sussurrou Brenda.

– Ligue agora.

O homem continuou sorrindo, sem entender a expressão das duas meninas.

Brenda, sem tirar os olhos do homem, ficou tateando o celular da amiga, que o estendera para ela.

– Tem créditos? – perguntou Brenda.

– Não, ligue a cobrar – respondeu Megan, surpreendida.

A musiquinha a cobrar tocou e Gustavo atendeu. Brenda, estupefata, disse ao amigo que precisava dele na porta da escola, pediu que não demorasse.

Brenda desligou o celular, e as duas estavam tremendo de medo do homem.

– E vocês duas, vêm ou não vêm?

– Quem é você? – perguntou Megan, assustada.

– O que deu em vocês?

– O que foi, meninas? – perguntou Gustavo, preocupado.

– Esse homem aí quer que Megan e eu entremos no carro.

– Mas é claro, né? É seu motorista! Fala aí, José!

Gustavo foi até o homem e o cumprimentou, entrando no carro logo em seguida. As duas se olharam e ficaram ainda mais sem ação. Tudo estava confuso demais, as perguntas sem respostas se aglomeravam nos pensamentos. De dentro do carro, Gustavo fez sinal para que entrassem, comunicou que aproveitaria a carona. As duas cruzaram os braços e andaram devagar até o carro. Se Gustavo estava lá, elas deviam confiar.

Novamente, fizeram dezenas de perguntas a Gustavo, que confirmou que o carro era dos pais de Brenda e que todo dia o motorista ia buscá-la.

– Eu tenho mãe? – espantou-se.

– Sempre teve. Cara, vocês duas estão louquinhas hoje!

– Gu, você sabe que eu não conheço minha mãe. Ela me abandonou!

– Doida! – ele negou com a cabeça e sorriu. – Sua mãe a abandonou há dois dias porque foi para São Paulo fazer uma conferência por lá, de produtos de informática. E seu pai foi junto, vão ficar lá uma semana, pelo que você me disse.

– Eu disse?

Ele bufou.

– Minha mãe... – ela declarou pausadamente. Mal podia acreditar que sua mãe estava viva e que ela tinha uma família.

– Por que isso só é novidade pra mim e pra você? – sussurrou Brenda para Megan.

– Não quero mais entender, Bê.

O motorista deixou Gustavo no centro da cidade e depois seguiu para a linda casa de Brenda. A menina, ao ver onde morava, pediu para descer do carro para poder admirar de longe. Megan seguiu a amiga, totalmente deslumbrada. Uma casa grande, de dois andares, cercada de grama verde a aparada, um azul-claro em harmonia com o branco. Janelas grandes de madeira e vidro. Telhas brancas a cobriam, dando-lhe uma aparência celestial.

Não disseram nada. Ao entrar, Brenda se deparou com a vó Matilde, que não estranhou sua aparência e destacou que a neta sempre fora bela. Encantadas com a casa, resolveram não entrar em detalhes com a avó, que, certamente, não entenderia nada e ainda diria que as meninas estavam ficando loucas.

Foram olhando todos os cômodos, era uma maravilhosa casa de luxo.

Brenda subiu com a amiga para o segundo andar, depois de observar todo o primeiro. Novamente ficaram perplexas quando viram o lindo quarto de Brenda, que tinha tudo com que ela sempre sonhou. Pularam em cima da cama como duas crianças, até se cansarem e caírem de costas sobre o colchão de molas.

Brenda olhou cada detalhe, suas roupas, seu lindo computador rosa, um notebook branco de última geração ao lado. Elas não sabiam expressar o que estavam sentindo.

– Minha mãe – Brenda sussurrou para amiga e saiu depressa do seu quarto.

Olhou dois quartos de hóspedes, e o terceiro parecia de casal. Tudo era lindo e perfumado.

Foi observando bem devagar. No criado-mudo, ao lado da cama, encontrou uma foto sua, de quando era bebê.

– Essa sou eu...

Elas examinaram o quarto e abriram o closet; as roupas mostravam o quanto sua mãe era fina e elegante. O pai, que ela ainda não sabia quem era, era um homem de bom gosto, possuía ternos de grifes famosas.

Decidiram ir ao encontro da avó Matilde no jardim da casa. Brenda logo pediu para ver a foto da mãe. A avó disse que estava ocupada e que depois procuraria uma foto da nora.

– Nora? – perguntou Brenda, assustada.

– O que deu em você hoje, menina?

A avó sorriu e foi andando em direção ao quintal que ficava atrás. As meninas a seguiram e novamente se deslumbraram com a enorme piscina dos fundos. A avó colocou um chapéu de palha e pegou os apetrechos de jardinagem. Lourenço, que era o jardineiro da casa, foi ajudar Matilde.

– Vó, minha mãe é sua nora?

A avó sorriu e balançou a cabeça.

– Não sei o que deu em você menina, mas devia se arrumar. Sua aula é daqui a pouco, não é?

Brenda insistiu:

– É sua nora, vó?

– Claro que é, menina! O que aconteceu com você?

– Nada. Eu vou me arrumar. Será que eu posso falar com minha mãe?

– Sabe que ela é uma conferencista, minha filha. Espere ela ligar para você à noite. Aliás, você deixou o celular em casa, e ela ligou hoje cedo.

– Cadê meu celular?

– Na cozinha.

Megan e Brenda ainda não estavam entendendo nada. Logo Brenda concluiu que o pai era o mesmo, o severo de sempre, mas a surpresa de saber que a mãe estava por perto lhe trouxe uma alegria indescritível ao coração.

Como desistiram de compreender, foram até a cozinha e se entreolharam quando viram o celular de última geração. Procurou por chamadas não atendidas e viu escrito: “Mãe”. Ela passou o dedo sobre a tela e suspirou. Daria tudo para ter ouvido sua voz.

Ela e a amiga subiram animadas e trocaram de roupa. Desfilaram vários modelos, até que uma das empregadas bateu à porta e disse que o motorista já estava esperando para levá-la ao curso.

As amigas sorriram e escolheram rapidamente a roupa que iriam usar.

No caminho, Brenda pediu que o motorista levasse Megan até sua casa. A casa de Megan era a mesma; parecia que somente a vida de Brenda havia mudado. Elas se despediram e Brenda foi para a aula de inglês, onde se surpreendeu com a própria capacidade de falar outra língua. Não lembrava de ter feito aulas em um curso, só sabia das que fazia pela internet gratuitamente.

Chegou em casa às oito e dez da noite. O jantar estava servido, e ela não via a hora de ouvir a voz da mãe e conversar com ela.

Jantou e ficou sentada à mesa, olhando para o celular.

– O que foi, querida? Vai sair o que desse celular? – brincou Matilde.

– Minha mãe... – ela se emocionou. – Ela não me ligou ainda.

– Ela disse que ia ligar.

– Mas não ligou.

– Ela disse que teria um jantar de negócios fora do programa e não poderia ligar no meio do jantar, ligaria depois.

Brenda prendeu a respiração, triste e nervosa. Olhou para o celular, puxando em sua memória os dotes para a tecnologia. Como seu celular era algo que jamais havia visto antes, começou a inspecioná-lo rapidamente.

– O que foi?

– Nada, vó – ela levantou-se da cadeira, indo em direção à escada, para o quarto.

Brenda tropeçou no degrau, procurando a caixa postal no celular.

– Achei! – entusiasmou-se.

Ela discou o número da caixa postal. Admirou-se por ter créditos.

Você tem uma mensagem de voz, aperte um para ouvir agora. Dois para voltar ao menu principal.

Brenda sentiu a respiração pausada e discou o número um. Ela estremeceu diante da voz feminina que ouviu.

Brenda? Deve estar na aula de inglês, certo? Mamãe não pode ligar mais tarde, queria ouvi-la, mas preciso correr aqui. Amanhã eu ligo! Te amo, filha! Beijos. Ah, coma direitinho!

– Mãe? – a menina sussurrou, com os olhos cheios de lágrimas.

Não se conteve e ouviu mais uma vez. E outra. E outra vez.

Deitou-se na cama e chorou até adormecer.

A noite passou rápido naquele mundo. Acordou com o celular despertando e percebeu que ainda estava em seus sonhos. Viu a hora, levantou-se depressa e olhou-se no espelho. Ainda era a linda Brenda. Animada, seguiu para o banheiro, pensando na voz da mãe que ouvira na secretária eletrônica. No banho, a ducha quente aliviou a tensão dos últimos acontecimentos.

Depois de pronta, despediu-se da avó sem tomar café da manhã e seguiu com o motorista para a escola.

– Vamos buscar Megan? – perguntou José.

Brenda suspirou. Desistira de entender aquele mundo.

– Se fazemos isso sempre, que seja – ela respirou profundamente.

Decidiu ligar para a amiga, pois ela era a única que parecia concordar que elas não pertenciam àquele mundo. Como previu, Megan assustou-se e disse que sempre ia a pé, mas estava feliz com a notícia e que estaria pronta. Quando a amiga entrou no carro, seguiram em silêncio, trocando apenas olhares.

No caminho para a sala de aula, Megan começou:

– Acho que não consegui entender nada ainda, Bê.

– Eu sei. Apenas você e eu sabemos que nada disso existia antes, certo?

– É. Não contei nada a meus pais, poderiam achar que sou louca.

– Desisti de entender. Vamos deixar rolar.

De longe, Brenda viu Fernando. Ela respirou triste e continuou olhando na esperança de que o garoto falasse com ela, mas ele continuou conversando com um amigo e nem olhou para o lado.

– Sinto saudades de conversar com ele – murmurou Brenda, triste.

– Desisti de entender o mundo em que estamos e o planeta de onde você veio! Vamos para a sala!

O sinal do intervalo tocou, e elas foram para a lanchonete, comeram e falaram sobre computadores, sem entusiasmo.

Depois era a aula de Educação Física. Brenda lembrou-se de que nunca tinha sido boa nos esportes, mas, como estava vivendo um sonho real, imaginou que ali era uma esportista de talento, como Fernando ressaltou. A lembrança de que ela pertencia ao time de basquete encheu o peito de satisfação.

Na quadra, ouviu o treinador dizer que o grande jogo da equipe feminina de basquete seria às três da tarde e que todas precisariam estar lá uma hora antes, sem falta.

– Como entrei nesse time, Megan?

– Não faço ideia, mas você está nele – Megan respondeu e roubou a bola de basquete da mão da amiga, enquanto formava-se uma fileira para arremesso livre.

Brenda sorriu ao ver sua desenvoltura com a bola. Roubou a bola de Megan e deu vários dribles na amiga, que, depois de um tempo, cruzou os braços e protestou.

– Vai, que é a sua vez de arremessar. Chata!

– Linda! – Brenda sorriu e apertou a bochecha da menina. Ela arremessou a bola e acertou na cesta. A bola entrou depois de quicar na argola.

Mais um arremesso, mas aí ela errou.

– Brenda – advertiu o treinador. – As pernas. Use-as mais flexionadas.

– Ok, treinador.

Ela voltou para o fim da fila. Megan mexia nas unhas.

– Sabe o que penso? – disse Megan.

– O quê?

– Que talvez tudo isso seja para que você faça uma escolha.

– Como assim?

– Ah, amiga, não sei. Tipo escolher ficar aqui ou no outro mundo lá.

– Como escolher, amiga? Não sei mais o que é real ou imaginação.

– Como é lá? Seu mundo?

– Não sei explicar. É assim, como aqui, não há diferença. O engraçado é que ontem eu ainda me lembrava de alguns acontecimentos, mas hoje parece que, aos poucos, eu estou me lembrando daqui.

– Ahn?

– Quanto mais tempo passo aqui, mais me esqueço de lá e mais vou me lembrando da minha vida aqui.

– Que estranho. Deixa eu parar de tentar entender, senão eu vou pirar!

Brenda suspirou triste e tentou puxar da memória a antiga vida que tinha, mas não conseguiu. De repente, ela se esqueceu de todos os pensamentos ao olhar para a quadra ao lado, quando viu os rapazes do time de basquete masculino entrando. No meio deles, Matheus.

– Por que sempre faz essa cara de lerda, hein? – disse Megan, dando-lhe um empurrão.

– Ai, amiga, ele é lindo demais. Olha o sorriso dele! E o cabelo arrepiado? Um charme!

– Acorda, é sua vez de jogar! Quebrei minha unha, que droga!

Brenda arremessou a bola rapidamente e errou de propósito. Queria ficar olhando para Matheus. Foi depressa para o fim da fila, na expectativa de admirá-lo mais.

– Dona Megan! O que está esperando? Vai logo! – disse o treinador para a menina, enquanto ela tentava arrumar a unha que tinha quebrado.

– Eu quebrei a unha! Isso é um desastre, será que você não entende?

As meninas riram, e Brenda não desviou os olhos de Matheus. Ele correu. Quando o treinador do outro lado pediu uma pausa, ele pegou uma garrafa de água e bebeu, enquanto percorria a outra quadra com os olhos, até cruzar o olhar com o de Brenda. Ele sorriu e acenou com a cabeça.

– Acena pra ele! – Megan a cutucou.

Brenda estava paralisada, e Matheus continuava sorrindo.

– Ele é lindo – sussurrou Brenda, enquanto Matheus voltava correndo de costas para a quadra e de frente para ela.

A menina perdeu toda a concentração do jogo e não parou mais de olhar Matheus até o fim da aula. Enquanto as outras meninas seguiam para o vestiário, ela resolveu pegar a bola e continuar por ali, arremessando.

O sinal tocou, e o time dos rapazes na quadra ao lado foi para o vestiário também.

Brenda procurou Matheus, mas não o viu. Suspirou frustrada.

Que droga! Um minutinho e perdi meu gato!, reclamou consigo mesma.

Pegou a bola e lançou de qualquer jeito na cesta. A bola bateu na argola e voltou para ela.

– Deveria tentar se concentrar mais! – disse Matheus, andando na direção dela e pegando a bola.

Brenda ficou de boca aberta, paralisada diante do que estava vendo. Matheus estava com a camisa no ombro, apenas de bermuda, tênis e meias. Seu corpo definido e o abdômen totalmente esculpido levaram o coração da menina a palpitar, deixando-a sem ar. Respirou quando se lembrou de fechar a boca. Seus olhos estavam fixos no corpo de Matheus, que ainda sorria sem jeito, esperando a resposta dela. Ele tinha o cabelo loiro-escuro, um pouco ondulado. A pele era parda e reluzia por causa do suor do corpo.

– Brenda? – disse ele, girando a bola de basquete no dedo.

– Ahn... Oi – pigarreou ela, tentando achar a normalidade da fala diante daquela beldade.

– Estava observando você jogar.

– Me observando? – ela deu uma leve retraída nos músculos do pescoço e levantou a cabeça para olhar o rosto de Matheus, mas o corpo dele era totalmente convidativo a observações detalhadas.

Ela forçou.

Olhe nos olhos dele, menina! Você está diante de Matheus Borges.

– É. Você sempre foi tão boa cestinha, o que aconteceu? – ele quicou a bola no chão.

– Nada, eu só estou pensativa demais ultimamente.

Você me aparece assim e ainda quer que eu raciocine direito?

– Por que não usa mais esse movimento aqui? – disse ele, enquanto lhe mostrava uma nova maneira de arremessar.

Brenda tentou, se esforçou, mas não pôde olhar para a bola, seus olhos estavam presos nas costas desenvolvidas de Matheus. Ele sorriu depois de fazer o arremesso seguido de uma cesta. Pegou a bola e virou-se para Brenda, que ainda olhava fixamente o corpo do garoto.

– Tente – ele entregou-lhe a bola.

Confessar que não tinha visto nada seria uma ótima opção, assim Matheus mostraria para ela de novo como se fazia a cesta e ela teria novamente o vislumbre daquele corpo diante dela. Na dúvida, ela virou-se para a cesta. Tinha que acreditar que, sendo um sonho ou não, aquele momento estava acontecendo.

Respirou fundo e mirou. Tentou se concentrar, mas a presença dele a estava deixando zonza. Mesmo assim, tentou e conseguiu fazer a cesta.

– Fácil, viu? – ele sorriu.

– É – disse ela, encantada.

O que é fácil? Acho que fico com a opção que vai do difícil ao impossível: te olhar e não te tocar.

– Seu time joga hoje, né?

– Joga, joga, sim – ela concordou rapidamente com a cabeça.

– Vou estar aqui.

– Vai me ver jogar? – ela logo achou que se precipitou com as palavras e tentou consertar. – Quer dizer, ver o time jogar?

– Vou ver o time jogar, mas... – ele aproximou-se, ela prendeu a respiração de tão perto do rosto perfeito. – Vou olhar só pra você.

Em um solavanco, os batimentos aumentaram consideravelmente. Ela não sabia o que dizer.

– Tudo bem pra você? – concluiu ele.

– Mas por que vai estar de olho em mim? Vai observar se eu jogo bem?

Que pergunta idiota, Brenda! Agora já foi!

– Sei que joga bem – ele rodou a bola no dedo de novo. – Mas quero saber o que... – ele aproximou-se mais, e ela estava imóvel – você faz além de... jogar basquete – ele sussurrou no ouvido dela.

Ela sentiu um calor subir pelo corpo, mas não pôde se mover.

– Por que está dizendo isso? – perguntou.

Virou-se rapidamente de frente para Matheus, achando que ele estava longe o suficiente. Não esperava que ficaria quase colada a ele. Foi passar a mão na testa, para enxugar o suor e disfarçar o nervoso, e esbarrou naquele abdômen trincado. Matheus sorriu, ela ficou com as bochechas coradas e deu um passo para trás. Tudo parecia estar quente demais ao seu redor, ou apenas diante dela, ela não sabia.

– Tenho certeza de que você sabe mais coisas além de jogar basquete e eu vou descobri-las. Sei que é uma garota bonita, ou melhor, linda! E eu quero saber mais sobre você.

Brenda deu dois passos para trás, nervosa e totalmente inflamável.

– O que... o que quer saber de mim? – gaguejou nervosa.

– Você deve ter muitos mistérios para me contar. Eu adoraria saber.

– Não sou misteriosa.

– Acho que é.

– Impressão sua. Não tenho nada de oculto.

Acho que ultimamente tenho tido coisas ocultas demais que nem mesmo eu sei, gatinho.

– Já me deixou curioso – ele sorriu, malicioso, e ela disfarçou o olhar. – Não sei nem o que você mais gosta de fazer! Sei que gosta de basquete, mas... Sinceramente, acho isso tão superficial!

– Minha vida se resume a isso.

– Acho que não. Se fosse apenas isso, você não tiraria um dia na semana para pensar.

– Não entendi.

– Uma vez na semana você falta à aula e vai para a arquibancada do campo de futebol chorar ou ficar lá pensando.

Sua respiração ficou novamente pausada.

– Como sabe?

– Eu a observo mais do que você pensa.

– Por que fica me observando?

– Você realmente é um mistério difícil de desvendar, mas eu juro que vou tentar... – Ele chegou mais próximo a ela.

– Por que fica me observando? – retrucou. – Não me respondeu!

– Eu respondo se você sair comigo hoje à noite. O que acha?

– Sair? Com você? – arregalou os olhos, não acreditou no que acabara de ouvir.

– É. Podíamos sair hoje, o que acha?

– Não sei, Matheus. Eu tenho que ver com meus pais e...

– Hum, já tomei um fora – ele a interrompeu.

– Não, é claro que não! São meus pais mesmo. E também, não sei se é uma boa ideia sairmos. Você tem namorada.

Ele riu gostoso.

– Quem é minha namorada?

– Lilian não é sua namorada? – ela respirou aliviada e feliz.

– Claro que não! Não tenho namorada! – Brenda prendeu o riso de satisfação. – E aí, aceita?

– Ainda não sei se...

– Melhor – ele a interrompeu de novo. – Vamos fazer uma partida agora, você e eu. Cinco cestas. Quem fizer primeiro ganha. Se eu ganhar, você sai comigo; se você ganhar, você decide. Combinado?

– Está me desafiando?

– Claro que estou! E aí? – ele girou a bola no dedo.

– Não sei se é uma boa ideia – disse Brenda, aproximando-se dele como se fosse aprontar algo. Ele a encarou.

– Está com medo? – sussurrou.

– Neste mundo aqui? Não tenho medo de nada!

Brenda roubou a bola da mão dele e correu com ela, quicando e fazendo a primeira cesta.

– Um a zero! – ela levantou uma das sobrancelhas.

– Ok, gatinha! Vamos nessa!

Ela sentia o coração derreter a cada toque no corpo de Matheus. Os movimentos dele para tentar impedi-la estavam tirando toda a sua concentração nas jogadas.

Rapidamente, Matheus fez quatro cestas, enquanto ela não saiu da primeira.

– Vou te dar uma chance, gatinha – disse ele, colocando as mãos na cintura dela. Ela estremeceu. Derreteu-se quando sentiu o corpo encostado no dele. A bola caiu da sua mão, seu fôlego sumiu.

– Isso não vale – a voz dela saiu como um sussurro.

– Por que não? – sussurrou no ouvido dela.

Ele pegou a bola e finalizou a quinta cesta. Brenda respirou fundo e voltou a raciocinar.

– É que você me tocou e...

– E o quê? – ele falou com o rosto perto do dela.

– Ok, não vou discutir. Você ganhou.

– Isso aí, gatinha. Pego você às oito.

– Sabe onde moro?

– À tarde você me dá seu endereço.

Ele saiu e piscou um dos olhos para ela. Brenda ficou na quadra, olhando-o se distanciar.

– Eu não posso acreditar no que vi! – disse Megan, chegando com os cabelos molhados e com a mão na boca, surpresa.

– Meu Deus! Preciso tomar banho também!

– Você vai tomar banho, mas depois de me contar tudo o que conversaram!

– Estava me espionando?

– Bem, há alguns minutos eu saí do vestiário e te vi aqui conversando com o Matheus. Não queria atrapalhar, né? Mas, vamos! Conte-me tudo, senhorita!

– Vou tomar banho!

Brenda sorriu e correu em direção ao vestiário feminino. Ainda sorrindo, jogou a bola de basquete para a amiga.

Embaixo do chuveiro, não podia acreditar no que tinha acontecido. Se tudo aquilo fosse realmente um sonho, ela nunca mais iria querer acordar. Trocou de roupa e penteou o cabelo. Na saída, foi bombardeada por perguntas eufóricas de Megan, suspirou e contou tudo em detalhes.

No caminho para a saída da escola, viu Matheus e seus três amigos conversando em frente ao portão. Brenda tentou arrumar outro jeito de não passar por ele, mas foi inútil. Megan percebeu, deu o braço à amiga e a conduziu até o portão.

– Olha minha aposta, hein? – Matheus gritou.

Brenda riu desconcertada.

– Fala alguma coisa! – Megan sussurrou.

Matheus sorriu e veio na direção dela.

– Meu Deus, meu Deus! Ele está vindo pra cá! O que eu faço? Ai, ai! Ele está vindo! Está vindo!

– Para de palhaçada! – resmungou a amiga. – Respira fundo e fala com ele normalmente.

– Eu não posso, não posso! – sussurrou Brenda, espantada.

– Oi, meninas – disse Matheus, com um lindo sorriso.

Brenda ficou de boca aberta ao olhá-lo novamente. Seus cabelos estavam molhados, sua camisa era branca com estampa de surfista e seus olhos não saíam de cima dela. Ele continuou sorrindo e esperando que as meninas respondessem. Brenda estava estática.

– Oi, Megan. E aí, Brenda? Vai pagar minha aposta, certo? – perguntou ele, com um risinho.

Megan beliscou Brenda, que ia xingá-la naquele momento, mas prendeu o palavrão e apenas fuzilou-a com o olhar. A amiga sorriu com deboche e foi caminhando para o lado de Matheus, mostrando-se admirada. Colocou a mão no queixo, como que dizendo para a amiga fechar a boca.

– Oi, você ganhou, né? – disse Brenda, sem jeito.

– Fica bonita assim, de cabelo molhado.

"Uau!", fez Megan, com um movimento de lábios, em silêncio.

– Será que a aposta foi pesada demais?

O cheiro de sabonete de algo cítrico misturado com um suave perfume estava deixando Brenda desnorteada. Ela ficou novamente sem ar, não podia acreditar que o que sempre sonhou estava acontecendo.

– Não, claro que não.

– Fico feliz, então – ele pegou a ponta dos cabelos de Brenda. Aproximou-se olhando nos olhos dela e os cheirou.

– Cheiro bom.

Brenda olhou rápido para Megan, que estava a uma pequena distância dela, fazendo movimentos, beijando as costas de uma das mãos, insinuando que ela deveria fazer o mesmo com Matheus.

– Venho te ver hoje. Treina antes aqueles arremessos que te falei.

Quais arremessos, Matheus? Você é lindo demais!

– Vou lembrar.

– Então me mostra o que aprendeu.

– Mostrar o quê?

– O movimento que te ensinei.

Sem jeito, ela fez rapidamente o movimento de arremesso e sorriu envergonhada.

– Ergue mais a coluna – ele disse, segurando-a pela cintura. Ela sentiu um frio na espinha, e Megan sorria de boca aberta.

Ele se aproximou ainda mais e segurou o braço dela, levantando-o.

– Não se esqueça desse movimento – sussurrou ele em seu ouvido.

Brenda não conseguia respirar direito, sentiu um calor repentino, e a mão dele ainda permanecia em sua cintura, deixando-a totalmente mole. Ela virou-se lentamente, e o cheiro dele veio com mais intensidade. Era ótimo, e ela não conseguiu erguer os olhos.

Matheus apertou o queixo de Brenda, fazendo com que ela levantasse o rosto. Ele era alto, e a cabeça dela ficou erguida, vislumbrando aquele rosto tão lindo. O rosto dele ficou bem próximo, fazendo o coração dela disparar intensamente. A respiração estava falha.

– Até mais tarde – ele sussurrou.

Brenda ficou no mesmo lugar, sem se mover. A voz de Matheus ainda martelava em sua mente, e o sorriso dele foi a última cena que viu, assim que ele sumiu pelo portão da escola.

– O que foi aquilo? – falou Megan, surpresa, tirando a amiga do estado de torpor.

– Não sei – ela soltou o fôlego de uma só vez.

– Matheus caidinho por você! Conta tudo o que ele disse!

Enquanto Brenda se recompunha do choque, contou para Megan o que tinham conversado. Ao saírem pelo portão, o motorista a esperava.

Foi para casa e não parou de pensar em Matheus. Lembrou-se da mãe e da ligação. Seu coração ficou aquecido e novamente ouviu o recado na caixa postal. Ficou imaginando-a, como ela deveria ser, como se vestia, como era o relacionamento das duas. Já tinha revirado toda a casa atrás das preciosas fotos dos pais, mas não conseguira encontrar nada. Estavam muito bem guardadas.

Voltou a pensar em Matheus e nos momentos que marcaram seu dia, como ferreiro marcando o ferro.

Estava deitada na cama quando o celular a tirou dos pensamentos. Era Megan, dizendo que esperaria uma carona até o jogo. Brenda saltou da cama, arrumou rapidamente a mochila e desceu afobada escada abaixo.

No caminho, passou na casa da amiga. Chegaram quinze minutos antes da partida. No vestiário, levou uma baita repreensão do treinador, pois ela deveria ter chegado pelo menos uma hora antes.

Trocou de roupa às pressas, colocando o uniforme do time.

Era mais um intercolegial. Depois de se aquecerem no vestiário, foram para a quadra continuar o aquecimento. Ela estava distraída e ficou procurando Matheus, mas não o viu. Preocupada, fez sinal para Megan, que cerrou os lábios e deu de ombros, sem saber do rapaz.

Toda a concentração foi embora quando o viu chegar e sentar-se perto dos amigos. Ela sorriu de canto, e ele logo retribuiu com um leve aceno de cabeça.

– Brenda! – gritou o treinador.

– Já entendi! – finalizou ela.

– Vocês vieram para dar o melhor de vocês! – disse o treinador, enfático. – Então, façam isso!

O jogo começou, e Brenda estava desconcentrada; não conseguia parar de pensar em Matheus e no primeiro encontro que teria com ele à noite. Sacudiu a cabeça, precisava se concentrar. Estava errando passes simples e, principalmente, a cesta. Deu uns passos de costas e olhou rapidamente para ele, que fez sinal como que perguntando o que estava acontecendo.

Não consigo parar de pensar em você, gato!

Sorriu em pensamento.

– Brenda!

O grito da companheira de time a fez voltar a atenção para o jogo, mas era tarde demais. A bola veio depressa e pegou com força em seu polegar esquerdo, que estava mal posicionado para agarrar a bola. Brenda sentiu dor, muita dor, enquanto raciocinava vendo que a bola não parava em suas mãos. Então, ouviu o apito ensurdecedor do juiz daquela partida.

Ela fechou os olhos.

capítulo 4

Uma gostosa sensação

No mundo real

OS OLHOS SE ABRIRAM PARA A REALIDADE com o despertador do celular tocando no volume máximo. Brenda acordou assustada, tentou silenciá-lo na cômoda ao lado da cama, mas, ao se virar, gemeu de dor.

– Ai! Mas que droga!

O polegar esquerdo estava dolorido, e ela se espantou com isso. Sentou-se na cama e olhou a mão. Mexeu lentamente no seu polegar, estava dolorido demais.

– Meu Deus, que loucura! Foi só um sonho, de novo o mesmo sonho!

Concluiu que só podia ter dormido em cima da mão. Foi ao banheiro e deparou-se com a conhecida e desajeitada Brenda. Os cabelos eram os mesmos, as espinhas e, novamente, a miopia. *Maldita miopia*, pensou.

Tomou banho, colocou o uniforme e desceu para o desjejum.

Vovó Matilde estava tomando seu costumeiro café da manhã à espera da neta.

– Bom dia, minha querida. Sonhou algo bom?

Não me fale em sonhos, vó!

– Sonhei, mas dormi de mal jeito, meu polegar dói quando eu o mexo.

A vó carinhosamente examinou a mão da neta. Foi até o armário do banheiro e trouxe uma pomada e uma atadura, com a qual enfaixou a mão da menina.

– Se não melhorar até a hora do almoço, vamos ao médico.

– Ai, vó, não começa! Já estou indo! Fui!

Brenda foi caminhando, pensativa e distante. Há pouco estava indo de Fusion para a escola, era linda, tinha a casa dos sonhos, a família dos sonhos e Matheus, sentido real da palavra sonho. Não conseguia compreender por que estava machucada. Aquele sonho não tinha sido real, nada era real; era, sim, real o que acontecia ali, a dor que sentia e a vida que tinha. Podia estar ficando maluca! Foi o pensamento que a perturbou.

Na entrada da escola, esperou Megan e, quando a amiga chegou, contou detalhadamente todo o sonho. Megan não conseguia entender e muito menos dar a Brenda alguma resposta que fizesse sentido.

Brenda esforçou-se para se lembrar do dia anterior. Lembrou-se do grande amigo Fernando, e percebeu que ele ainda não estava no pátio da escola. Esperaria a hora do intervalo, tinha muito o que conversar com ele.

No instante seguinte, ergueu o rosto e seu coração acelerou ao ver Matheus passando com os amigos. Mordeu o lábio, nervosa, mas ele sequer olhou para ela, que estava praticamente à sua frente. Ela se sentiu dolorida. Então, concluiu tristemente que tudo fora apenas um sonho, do qual jamais gostaria de ter acordado. Cabisbaixa, a menina foi para a sala de aula.

No intervalo, estava decidida: precisava ver Fernando e conversar com ele. Estava se sentindo perdida, e o amigo sempre fora muito prudente e sensato nos conselhos.

Recusou-se a ir na lanchonete com Megan e procurou Fernando entre os alunos. Ao chegar ao último lugar em que poderia encontrá-lo, novamente ligou para o seu celular, chamou até cair na caixa postal. Ficou preocupada e tentou de novo. Nada. Ligou para a casa dele a cobrar e ninguém atendeu, nem mesmo a empregada.

Será que ele mandou não atender porque eu liguei a cobrar?, pensou ela, triste. *Não, mas ele disse que eu podia ligar sempre que quisesse*, defendeu-se dos próprios pensamentos.

Tentou de novo e ouviu apenas o som da chamada. Só tinha uma saída: engolir o orgulho e procurar Renato. Enquanto procurava no pátio o irmão metido de Fernando, tentava ligar novamente, torcia para que ele atendesse, para que não precisasse falar com o irmão.

Avistou Renato e seus amigos comendo sanduíche, enquanto algumas "oferecidas" exibiam-se para eles. Renato era dois anos mais velho que Fernando e repetia o último ano do ensino médio por ter tido um curto envolvimento com drogas. Talvez fosse essa a explicação para seu comportamento tão arredio com as pessoas.

Brenda suspirou fundo e chegou perto dele.

– Oi, Renato – ela falou séria quando percebeu que eles pararam de rir de repente, ao ver sua aproximação.

– Oi – respondeu ele, seco.

– Posso falar com você?

– Fala – disse, com a boca cheia.

– Quero saber do seu irmão. Ele melhorou?

– Meu irmão está com dengue.

A menina sentiu o estômago gelar, o coração apertou-se.

– Como assim? Dengue? Como pode ser?

– Ele descobriu hoje e ficou em casa.

– Por que não consigo falar com ele?

– Não sei, garota!

Ele deu-lhe as costas e voltou para o grupo.

– Fala que eu estou preocupada com ele!

Renato olhou-a rapidamente e voltou a conversar com os amigos.

Brenda ficou o restante da aula pensando em Fernando, precisava ver o amigo, falar com ele e ter a conclusão desejada de que ele estava bem.

Na saída, tentou ligar de novo, mas ninguém atendeu.

Despediu-se de seus amigos. Em um átimo, foi até Renato, que paquerava uma das suas muitas pretendentes ao cargo de namorada oficial.

– Renato, desculpa atrapalhar – precipitou-se quando percebeu que a menina a recriminava com o olhar –, mas preciso falar com seu irmão.

– Liga pra ele, pô! – falou irritado.

Brenda queria dizer que ele era um jumento ignorante, mas suspirou fundo ao lembrar que, por enquanto, só ele era a ponte até seu amigo.

– Já liguei e ninguém atende. Preciso vê-lo.

– O que quer eu faça?

Seja mais simpático, seu cavalo!

– Bem, se você me desse seu endereço eu iria até a sua casa para visitá-lo.

– Ele está doente e não pode receber visita.

– Preciso vê-lo! – estava cheia de vontade de xingá-lo. – Por favor? – Como foi dolorosa aquela humilhação diante da prepotência de Renato.

– Gatinha, depois nos falamos – disse ele gentilmente, tocando o rosto da pobre concorrente à vaga de namorada.

Ele deu um leve beijo nos lábios da menina, que sorriu de canto e passou por Brenda torcendo os lábios. Brenda a imitou.

– Vamos, garota! – disse ele com desdém.

– Aonde? – assustou-se.

– Não quer ver meu irmão? – declarou com pouco caso.

– Sim, eu quero vê-lo, sim! – disse entusiasmada.

– Venha, vou te dar uma carona.

– Não vou atrapalhar?

– Vai me atrapalhar, mas tenho que ir em casa mesmo, entra logo! – falou, irritado.

Brenda sentiu o calor no rosto, ele era totalmente o avesso do seu doce irmão.

No caminho foi desenhando o trajeto, não pediria novamente a Renato para levá-la. Lembrou-se das inúmeras vezes em que o amigo a convidou, junto com Megan e Gustavo, para conhecerem sua casa, mas eles sempre adiaram a tal visita.

Foram em silêncio, apenas ecoava uma guitarra irritante do heavy metal que Renato ouvia. Ela contava cada esquina, na esperança de chegarem logo ao destino.

Entraram pelo enorme portão automático. Renato foi estacionando seu Palio cinza grafite em frente à modesta casa de dois andares.

– Bela casa – disse ela sem entusiasmo.

Renato fingiu não ter ouvido. Entrou pela porta da frente, e Brenda fez careta para ele quando passou pela porta primeiro. A casa era magnífica por dentro, com quadros e um lindo porcelanato marfim.

– Jane! – falou ele em tom grave, em volume alto.

– Oi, Renato – disse a jovem senhora vindo de um dos cômodos. – O que deseja?

– Já que estou aqui, vou almoçar antes de ir para o estágio.

– Sua amiga fica?

– Ela não veio almoçar, veio ver o Fernando.

Brenda estava diante de um ser desprezível, como bem tinha suposto. Certamente, Megan receberia todo o veredito daquele cara deplorável, pelo qual a amiga era apaixonada desde que ela o avistara pela primeira vez.

– Tudo bem, vou pôr a mesa.

– Não demora – disse ele, em tom de ameaça.

Como pode ser tão arrogante?

– Subindo as escadas, é a primeira porta à direita – disse ele, jogando-se no sofá da sala.

– Como? – Brenda retrucou.

– Não quer ver meu irmão? Primeira porta à direita.

– Mas e se ele estiver dormindo? Não pode avisar que estou aqui?

– Vai logo, garota, e o ponto de ônibus fica na segunda esquina à direita daqui de casa.

Ela sabia que não teria carona de volta. Bufou e saiu da sala.

Subiu as escadas e olhou a porta; ia bater, mas fechou o punho. Sentiu um frio na barriga. E se estivesse sendo enxerida demais? E se o amigo estivesse dormindo? Sem roupa? Fazendo algo? Pensava rapidamente. Bateu levemente à porta, mas ninguém respondeu. Bateu com mais força. Silêncio. Resolveu abrir a porta. Lentamente, foi olhando ao redor, e seu coração acelerou de ansiedade.

Olhou o embrulhado de edredom em cima da cama.

Será que Nando está embaixo dessa avalanche de cobertas?

Sua suspeita foi concretizada quando viu a cabeça dele para fora, estava abatido e com olheiras. Sentiu compaixão por ele.

Aproximou-se e sentou-se à beira da cama. Tocou no rosto dele e sentiu que estava quente como brasa. Ele se mexeu e acordou. Esfregou os olhos e sorriu de surpresa quando viu Brenda. Ela encostou a mão no próprio rosto, percebendo que estava muito gelada e, por isso, acordara o amigo.

– Ah, Nando, me desculpa, não queria te acordar!

– Não seja boba – ele riu. – O que está fazendo aqui? – ele ajeitou-se devagar na cama, gemendo, enquanto perguntava.

Sua cor morena estava ruborizada por causa da febre, seu casaco fino e branco ficou ainda mais realçado na sua cor tão linda, como Brenda rapidamente pensou. Seus cabelos desalinhados pretos e um sorriso branco e perfeito fizeram a menina desviar o olhar.

– Estava preocupada com você – defendeu-se.

– Me explica isso! – disse ele, feliz. – Como você veio parar aqui? E isso no seu braço, o que é?

– Vamos por partes – ela sorriu enquanto começava. – Fiquei procurando você e não te achei.

– Não acredito que pediu para o Renato te trazer aqui! Não! – ele logo interrompeu a inspiração de Brenda, que se preparava para falar. – Não me responda, me deixe adivinhar!

– Tente – ela sorriu.

– Você pediu ao Renato para te trazer? Não. Isso seria quase impossível, então concluo que seria mais fácil você ter usado um computador para acessar meus dados no arquivo da escola. Acertei?

Ela soltou uma risada.

– Seu bobo! Não fiz isso.

Ele riu também.

– Fez o impossível, então? – disse ele, fingindo falso espanto.

– Precisava te ver, Nando. Estava muito preocupada com você.

– Ok, agora sei o valor que tenho na sua vida! Enfrentou meu irmão só para vir me ver? Nunca mais vou duvidar do seu amor por mim – eles riram.

– Como você está?

– Dengoso – ele respondeu, e os dois riram novamente.

– Está com dor?

– Meu corpo está dolorido, e eu estou com febre desde ontem. Mas, me conta: que foi isso no braço?

– Vim falar de você e não de mim.

– Se não me contar, também não conto nada de mim.

– Para, Nando! Me conta logo!

– Resumindo: achei que era gripe, fui ao médico e descobri que é dengue. Tomei medicamentos, e essa porcaria de dengue pode durar alguns dias. Ponto-final. Agora me diga: o que é isso na sua mão e como você está? Ah, e que sonho era aquele que você me disse no telefone?

– Nossa, você realmente não esqueceu! Antes, quero saber: tomou os remédios?

– Tomei – saturado, ele revirou os olhos.

– Você está quente demais, Nando – disse ela, colocando a mão na testa dele. – Qual foi a última vez em que verificou a temperatura?

– De manhã, quando acordei. Agora para, Brenda, e me conta!

– Depois de eu ter certeza de que você está bem.

Ela pegou o termômetro que estava em cima do criado-mudo e viu que a última temperatura registrada era de 40º.

– Coloca, Nando.

– Coloca você – ele levantou o casaco.

Brenda sentiu a respiração ficar presa ao ver o corpo definido do amigo. Esqueceu-se, por um momento, do que era para fazer, olhando o peito sem pelos e tão bem torneado, a barriga com gomos de arrancar o fôlego. Seu rosto corou.

– Brenda? – ele deu um pequeno sorriso, tirando a amiga do pequeno espasmo. Ela fechou a boca e rapidamente colocou o termômetro embaixo do braço dele. – O que foi? – ele deu um pequeno sorriso.

Seu corpo é lindo demais e me deixou sem ar, que pergunta!, pensou ela, girando os olhos.

– Nada – respondeu, constrangida.

– Agora me conta, vai? – a mão quente dele repousou sobre a dela, totalmente gelada.

O olhar terno de Fernando fez um sorriso discreto surgir no rosto dela. Baixou os olhos e focou nas mãos.

– Brenda – disse ele com voz mansa. – Isso aí não tem nada a ver com aquele cara que diz ser seu pai, tem?

Ela negou com a cabeça.

– Que bom. Seria capaz de acabar com ele.

Brenda olhou rápido para Fernando e voltou a focar nas mãos.

– Me conta? – ele insistiu.

– Você sabe o quanto sou sonhadora, não é, Nando?

– Claro que sei, vive no mundo da lua.

– Pois é – ela deu um sorrisinho. – Mas, ultimamente, algo muito estranho tem acontecido comigo, e acho que estou ficando maluca.

Ele ajeitou-se na cama e tocou no ombro dela.

– Me conta? Quero ouvir.

Ajeitou o travesseiro e ficou quase deitado na cama. Ela riu de novo sem alegria e virou-se, ficando de frente para o amigo, colocando a perna direita dobrada por cima da cama.

– Tudo começou há dois dias, na hora em que fui dormir. Desejei, com todas as minhas forças, ter uma vida diferente da minha. E aconteceu. Adormeci e tive um sonho louco. Eu era tudo o que sempre quis ser, tinha tudo o que sempre desejei possuir.

– Onde está a loucura nisso?

– O sonho foi real demais! Não parecia um sonho como aqueles que eu tenho! Era possível sentir todas as emoções e reações que ele me dava!

– O que sonhou?

– Que eu era linda, que eu era popular na escola – sentiu vergonha de revelar aquele desejo secreto. – Jogava no time de basquete, tinha dinheiro de sobra e... Matheus me olhava e me achava linda.

– Entendi tudo – ele precipitou-se. – A parte da loucura está no final, do idiota do Matheus não notar quem você é.

Brenda sentiu uma gostosa sensação em seu peito e sentiu a bochecha corar, não entendia por que isso sempre acontecia diante dos elogios de Fernando. Gustavo dizia frases parecidas, mas com Fernando era diferente, não pareciam elogios de um amável irmão, mas de um rapaz interessante, porém, ela não conseguia enxergá-lo além de um grande amigo.

– Para, Nando, só você e o Gu mesmo que me acham bonita.

– Não vou entrar em discussão com você, senão você vai desviar o assunto e eu bem te conheço. Continue contando o sonho. Vou ficar quieto e não interromper mais.

– Tudo foi do jeito que sempre sonhei. Mas a Megan era a única que havia notado a diferença berrante na minha aparência e na minha vida, os outros estavam acostumados com tudo. Foi real demais!

– Eu estava nesse sonho? – perguntou ele, inquieto e curioso.

– Ahan – ela olhou rapidamente para ele e cerrou os lábios. – Essa foi a pior parte.

– Poxa, nem no sonho você me ama! – reclamou, sentido.

– Não, seu bobo! – ela sorriu e empurrou o ombro do amigo. – A pior parte era que você não me conhecia.

– Como assim?

– Você não era meu amigo. Fiquei desesperada pelo fato de que você sabia tudo de mim, que eu era popular, jogadora de basquete, mas dizia enfaticamente que nunca tínhamos sido amigos! Foi quando, no sonho, eu fui para o campo de futebol e chorei amargamente por isso.

– Nossa – disse ele, chocado. – Por que será que você não me conhecia? Será também que esse é seu grande desejo escondido? – ele levantou as sobrancelhas, triste.

– É claro que não, Fernando! – ela segurou a mão dele. – Por isso chorei! Fiquei arrasada por esse fato e, ao acordar, fiquei completamente aliviada por saber que foi só um sonho! Por isso liguei para você no outro dia, ontem, né? – disse ela, perdida no tempo. – Precisava ter certeza, mais uma vez, de que você ainda era meu amigo! E que aquele sonho era apenas um sonho sem razão!

– Tem certeza?

– Claro que tenho! Não posso imaginar a vida sem… sua amizade – falou sem jeito e tirou a mão de cima da dele.

Ele riu.

– Deixa eu ver o termômetro – ela se desviou do assunto.

Sua respiração ficou ansiosa ante a perspectiva de admirar novamente o corpo do amigo, e ele levantou rápido a camisa e pegou o termômetro. Brenda estava fascinada pela imagem que via.

– Toma – ele deu um pequeno sorriso, novamente tirando-a do devaneio.

Ela negou discretamente com a cabeça e apertou os olhos antes de abri-los de novo.

– Ainda está com febre, 40º. Você precisa tomar algum remédio agora?

– Tomei todos, só no final da tarde agora. Mas termina de contar?

– Foi isso, parece loucura!

– Onde está a loucura? Foi apenas um sonho.

– Não, não foi apenas um sonho, acordei com lágrimas nos olhos.

– Já aconteceu isso comigo, não tem nada de mais. Enquanto dormimos, nossas emoções não ficam congeladas.

– Mas se fosse só isso estava bom. Ontem fui dormir e desejei continuar o sonho da noite anterior. Estava feliz por pensar que, pelo menos lá, eu era aceita. Incrivelmente, voltei a sonhar! Estava no mesmo lugar da noite anterior, sentada, chorando na arquibancada de futebol.

– Sério? Deve ser coincidência.

– Não, Nando! Na verdade, não sei, mas era tudo muito real. Como pode eu ter continuado a sonhar o mesmo sonho? Como se fosse um filme que eu coloquei na pausa…

– Estranho mesmo. O que mais aconteceu nesse mundo de sonhos?

– Minha casa era linda, e eu tinha meus pais.

– Você os viu?

– Não. Vi apenas vovó Matilde. No sonho, ela ainda está procurando as fotos dos meus pais para me mostrar. Minha casa é linda… – concluiu, triste.

– E o que mais aconteceu?

– O Matheus – disse, enquanto olhava timidamente os lábios torcidos do amigo – me chamou para sair e gosta de mim.

– Idiota mesmo, até no sonho é um lerdo! – Eles riram. – Hã? Vou ter mesmo que ouvir essa parte do encontro? – declarou, com aperto no coração.

– Não houve encontro… ainda.

– Que bom! Espero que não tenha! Mas que estranho. Acabou assim?

– No sonho eu ouvia minha mãe – ela sentiu os olhos ardendo para chorar. – Ela é uma pessoa importante e está viajando, a voz dela é linda.

– Esquisito, sonhou como se tivesse uma vida paralela a essa – disse ele, pensativo.

– Daí fui para a escola, haveria intercolegial e, como sou do time de basquete, estava lá. Eu me distraí na quadra, e a bola veio rapidamente na minha direção, não pude agarrá-la e quase quebrei o dedo. O apito estridente do juiz da partida me fez voltar ao nosso mundo, junto com meu celular despertando e meu dedo do sonho machucado.

– Nossa, que doideira! Brenda, isso pode ter sido apenas coincidência!

– Espero que sim. Mas o pior é que prefiro estar lá do que aqui no nosso mundo.

– Por quê?

– A melhor parte é saber que lá eu tenho minha mãe e a esperança de encontrá-la a qualquer momento… – seus olhos ficaram úmidos, e ela baixou a cabeça.

– E aqui, não tem mais esperança?

– Até tenho, mas… É aquela que parece que nunca vai acontecer.

– Não pode desistir – ele aproximou-se e secou o rosto de Brenda.

– Quero tanto ver o rosto dela, tocá-la, dizer que não me importo com nada do que tenha acontecido por ela ter me deixado, só quero tê-la comigo – chorou profundamente.

Ainda sentindo dores, Fernando abraçou a amiga com força.

– Nando, para! Precisa descansar!

Ele não se importou e encostou a cabeça dela em seu ombro.

– Não suporto ver você chorar, isso me deixa incomodado.

– Eu paro de chorar, mas deite! – ela desvencilhou-se e empurrou-o de volta na cama.

Ele a segurou pelo braço e a puxou contra seu peito. Novamente, um extraordinário sentimento a alcançou.

– Para, Nando – disse sem jeito, deitada de lado no braço dele.

– Fique aqui, poxa... Nunca me deixa demonstrar carinho por você. Sei que nunca teve carinho, apenas dos amigos e da sua avó. Mas me deixa ser um pouco mais expressivo, para que compreenda o quanto você é especial para mim?

Brenda deixou mais lágrimas saírem dos olhos. Enxugou-as dos cantos deles e deu um sorriso forçado. Endireitou-se e deitou de lado no braço do amigo, que acariciou a cabeça dela. Gostou do que sentiu.

– Viu? – ele riu, adorando aquela situação. – Carinho não dói.

– Sei que não – ela sorriu de prazer.

– Estou quente demais, não é? Se estiver incomodando, é só me falar.

Ela não queria sair daquele lugar, até ali foi o melhor que conhecera. Sentiu a respiração mudando de frequência, assim como as batidas no peito.

– Diga-me: como é lá esse mundo de sonhos?

– Como aqui, tem tudo. Mas quanto mais eu fico lá, mais me esqueço daqui.

– Como assim? Agora boiei.

– Quando estou lá, vou me lembrando aos poucos da minha vida de lá, entendeu?

– Mais ou menos. Lá é sua vida paralela a essa aqui, e você tem tudo o que sempre desejou e…

– Nem tudo – ela o interrompeu. – Não tenho você como amigo.

– Continuando – ele riu –, você vai se lembrando daquela vida que sempre existiu e vai se esquecendo da vida real. Acontece o mesmo aqui?

– Um pouco, como, por exemplo, agora: enquanto conversávamos eu não lembrava se tinha sido ontem ou quando tinha sido o dia em que liguei para você. Vou me perdendo no tempo aqui.

– É isso mesmo que você quer, Brenda? Esquecer este mundo e viver naquele dos seus sonhos?

– Em partes, sim. Quero ver minha mãe e… sem querer chatear você, quero sair com Matheus.

– Pô, Brenda! Aquele cara é um otário, exibido, não fica de verdade com ninguém, porque adora estar em evidência com as garotas. Esquece ele! Desde que eu te conheço, você fica falando dele e ele nem te nota!

– Não precisa humilhar!

– É que fico irritado, porque ele não vale nada!

– Sou apaixonada por ele…

Fernando não sabia se era a quentura da sua pele, mas sentiu o sangue esquentar por dentro ao ouvir a amiga dizendo claramente que era apaixonada por Matheus. Isso sempre o irritava. Seus dentes rangeram, e ele suspirou fundo, inconformado.

– Não pode viver no mundo dos sonhos, Brenda.

Ela ergueu a cabeça para olhá-lo.

– Eu sei, mas também gosto de lá.

– Nada daquilo é real. Isso é real – ele apertou a mão dela contra o seu peito.

Brenda prendeu a respiração, sentiu o coração dele pulsando descompassado e não pôde deixar de sentir sua respiração ficando estranha ao tocar seu peito com músculos leves e destacados.

Baixou a cabeça, e a mão de Fernando ainda pesava sobre a sua. O silêncio foi cortante. Brenda mal conseguia respirar naturalmente.

– Acho melhor eu ir embora.

– Fica mais um pouco?

Ela sentiu um leve aperto nas costas através do braço dele.

– Você precisa descansar, Nando. Eu te enchi demais hoje.

– Você nunca me enche.

Brenda virou-se para ele, seu braço a envolveu, e ela esqueceu-se de como se respirava. Ele a desejou, sua mão quente tocou a pele da cintura dela, e Brenda sentiu o corpo reagir de forma diferente, como nunca sentira antes.

– É melhor eu ir, Nando – ela o empurrou e levantou-se depressa, buscando o ar perdido.

Ele lamentou-se por dentro.

– Almoça comigo? – sugeriu com entusiasmo.

– Fico sem jeito, seu irmão vai almoçar em casa e não quero cruzar com ele hoje.

Ele riu.

– Almoçamos aqui. Não consigo descer as escadas, estou quebrado. Se quiser me levar no colo, eu desço.

Sorriram. Ela sentou-se de novo na cama. Fernando falou que almoçaria mesmo sem fome alguma, e Brenda prometeu fazê-lo comer, nem que fosse forçado. Risos preencheram seus rostos.

Fernando pegou o celular e ligou para a própria casa, não queria que a menina saísse de perto dele. Pediu que Jane levasse o almoço para os dois.

– Sem ser sua mãe, Bê, o que mais você queria que acontecesse na sua vida? Se falar que é o Matheus, vou quebrar a cara dele!

Ela soltou uma risada. Em seguida, pensou por um instante.

– Queria me amar, olhar no espelho e ver alguém desejável. Queria me sentir especial.

– Você é especial! É uma pessoa linda, garota. Por que não se convence disso?

– Porque isso não aparece do lado de fora.

– Solta esse cabelo, tira esses óculos, seja mais ousada! Para de se diminuir e de reclamar da vida! Para também de dizer que é feia! Já se autoconvenceu!

– Falando assim, parece fácil! Quando molho meu cabelo, até que os cachos ficam legais, mas quando chego na escola ele vai secando e fica uma vassoura. – Eles riram. – E minha única libertação para esses óculos seriam lentes de contato. Mas, Nando, você sabe... Não tenho dinheiro, e isso custa, tem que mudar de tempo em tempo.

– Entendo. Mas e o cabelo? Podia passar um creme e baixar a piaçava!

Ele sorriu e ela bateu em seu braço.

– Ai, Bê, estou todo dolorido!

– Ai, desculpa! Foi mal!

– Vai ali no banheiro, no corredor. Em cima da pia, tem um creme ótimo para espinhas, eu te dou ele.

– Para de bobeira, Nando!

– Vai lá! Olha meu rosto, liso e sem espinhas. Passa a mão?

Ela pensou e esticou o braço, tocando no rosto liso e perfeito do amigo. Sentiu uns pequenos espetos na mão, devido à barba que precisava ser feita. Gostou de ter feito aquilo, tanto que diminuiu a velocidade da mão, prolongando a sensação. Riu envergonhada. Levantou-se e foi até o banheiro. Viu alguns produtos em cima da pia, pegou o creme e o trouxe até o quarto. Ele aconselhou que ela usasse de manhã e à noite, dizendo que também podia dormir com ele. Garantiu que daria um jeito em suas espinhas.

Jane entrou com uma bandeja e dois pratos com o almoço. Brenda ajeitou-se na cama e sorriu ao comer junto com Fernando. Ele a convidou a voltar todos os dias até que se recuperasse. Confessou que adoraria, mas não tinha dinheiro para o ônibus.

– Eu pago sua passagem.

– Fico sem graça.

– Aliás, tem dinheiro para ir embora?

– Tenho. Minha avó me deu dinheiro hoje.

– Vem me ver? Fico sozinho o dia todo, meus amigos só passam aqui à noite depois do estágio.

– Você precisa descansar!

– Estou descansando.

Brenda sorriu de canto diante do pedido gentil.

– Ok, mas fico sem jeito de você me dar dinheiro para...

– Cala a boca, Brenda!

Esticou-se e pegou na gaveta do criado-mudo sua carteira. Tirou uma nota de vinte reais e entregou a ela. Ela ficou tímida de aceitar o dinheiro, mas o amigo acabou a convencendo.

Acabaram de comer e Jane trouxe a sobremesa de frutas. Fernando não quis comer. Ela forçou, dando-lhe na boca, e ele gostou disso.

Brenda despediu-se do amigo com um beijo no rosto e foi para casa. Quando a avó chegou, brigou com Brenda por não ter avisado que almoçaria fora. Ela examinou a mão da menina e constatou que tinha sido apenas mau jeito, não tinha quebrado. Brenda tomou banho e a avó fez novamente o curativo.

Naquela tarde, pensou em todas as palavras de Fernando. Ele tinha razão: a vida, por mais difícil que fosse, ainda era boa, era melhor pensar em tudo que tinha. Foi para a casa de Gustavo estudar, e os amigos ficaram fazendo perguntas de como tinha sido na casa de Fernando.

À noite, quando chegou em casa, foi ao banheiro, lavou o rosto e passou o creme que o amigo lhe dera.

Foi para a cama e sentiu o enorme desejo de voltar àquele mundo dos sonhos. Mas a voz de Fernando ressoou na sua mente. Forçou para não pensar no sonho da noite anterior.

Enquanto o sono não chegava, ficou repetindo para si mesma que não queria voltar àquele mundo.

Adormeceu.

O sonho não voltou.

Acordou com o celular despertando.

Brenda concluiu que ela tinha o poder de escolher se queria ou não ter aquele sonho. Ficou com a sensação de que escolhera errado, pois certamente iria ao desejado encontro com Matheus e finalmente conversaria com a mãe por telefone.

Foi desanimada até o banheiro e percebeu que o creme que Fernando lhe dera fez um pequeno efeito, deixando a pele mais macia. Ficou um pouco mais contente e, por ora, isso amenizou a ausência do sonho.

Na escola, tudo era do mesmo jeito. Sentiu uma repentina ansiedade diante do fato de que almoçaria com o amigo.

No fim da aula, pegou o ônibus e foi para a casa de Fernando, passou direto do ponto da esquina e teve que voltar andando. Estava frio, pegou um cachecol na bolsa e o enrolou no pescoço.

Chegou à casa dele e Jane disse que ele estava deitado, mas que se observava uma considerável melhora. Subiu para o quarto e bateu à porta. Ficou feliz em encontrá-lo com a aparência mais animada. Estava sentado na cama com seu inseparável caderno de desenho. Ela se aproximou e beijou o rosto dele.

– Como combinamos, vim almoçar com você! Melhorou?

– Que bom que veio, fico feliz! Melhorei um pouco, esses remédios me levantaram.

– Não está com febre, graças a Deus! – ela falou, tocando rapidamente a testa dele.

– Que tédio! Mas, viu? Reparou que sua pele está melhor?

– Reparei, sim, agradeço de coração. O que está desenhando?

Fernando fechou o caderno quando Brenda se esticou para espiar.

– Nada de mais, depois te mostro.

– Quando vai me ensinar a desenhar?

– Não desiste disso, né?

– Você nunca me ensina!

– Ok, quando eu melhorar te ensino. Mas, e aí? Sonhou com o que hoje?

– Nada – ela riu. – Não tive a continuação do sonho.

– Sério mesmo? – ele sorriu, colocando o caderno ao lado da cama.

– Sério. Percebi que só sonho quando quero. Parece que ele vem com o meu desejo de querer ou não.

– Está me dizendo que você decide quando tê-los?

– É por aí. Ontem na hora de dormir, queria sonhar, mas lembrei das suas palavras, então não consegui. Fiquei repetindo que não queria, não queria e não sonhei.

– Isso é bom! Continue fazendo isso.

Almoçaram juntos e conversaram sobre os detalhes dos sonhos de Brenda. Ao terminarem o almoço, comeram frutas com chocolate.

– No sábado não poderei vir – disse Brenda.

– Seu pai vai estar em casa, certo?

– É. Sempre é o pior dia pra mim. Como sabe, quando não vou para casa de Megan, fico no quarto o dia todo mexendo na internet. Odeio esbarrar com ele dentro de casa.

– Que tal aceitar finalmente meu convite e sair comigo no sábado? Você está me devendo há tempos uma ida no cinema.

– Eu sei. Mas sempre acontece algum imprevisto e não vamos.

– Esqueci que tudo conspira contra você e eu.

Eles riram.

– Pois é. Da última vez, consegui dobrar meu pai e fui para a casa da Meg. Quem diria que naquele dia a mãe dela iria passar mal e eu ficaria ajudando a cuidar dela?

– A penúltima vez foi a mais engraçada.

Brenda quase se engasgou com a fruta que comia e soltou uma gargalhada com Fernando.

– Não me lembre, Nando! Que dor de barriga foi aquela em você?

– Juro que não sei! Apenas comi o de sempre e fiquei com dor de barriga o dia todo.

– Então eu não sou a única que foge, viu?

– É verdade. Então, vamos sábado?

– Não sei... Se meu pai estiver de bom humor, peço para sair.

– Então, combinado.

Brenda beijou o rosto dele e saiu do quarto.

Naquela tarde, sentiu vontade de ir ao Cyber Café para conversar com aquela senhora, que sempre a deixava ainda mais confusa. Resolveram estudar na casa de Gustavo de novo, sempre havia coisas boas para comer por lá. Foi para casa no fim da tarde.

À noite, o pai chegou de mau humor, e ela resolveu ir cedo para o quarto.

Entrou no Skype e encontrou os amigos online. Entraram no grupo de conversas, e ela ficou triste ao ver o nome do amigo Fernando off-line. Sentia falta da companhia dele por ali.

A curiosidade para saber o que poderia acontecer e a vontade louca de ouvir a mãe fizeram Brenda lutar contra si mesma, contra a vontade e a razão, diante da decisão de voltar ao sonho.

Desejou não sonhar. Uma linha de sorriso surgiu ao se lembrar novamente da voz de Fernando dizendo: “Isso é real”. Realmente era real, sentiu o peito apertar-se de prazer ao relembrar aquele momento. Deveria lembrar mais que a vida não era tão ruim.

Brenda acordou com o celular despertando. Era sexta-feira. Novamente, sentiu um repentino alívio por saber que não sonhou, pensou que tudo aquilo tinha sido apenas uma mistura de sonhos e coincidências, como Fernando dissera.

Na escola, chegou atrasada e deu de cara com Matheus, que, ao contrário dos outros dias, olhou para ela. A menina ficou sem fôlego.

Há anos conhecia Matheus e se apaixonara por ele, mas, desde então, ele não a tinha olhado como naquele dia. Foi rápido e simples, como quem olha para um poste no caminho, mas significou visibilidade, e a não invisibilidade já era um começo, como Brenda comemorou.

Entrou na sala suspirando fundo, e Megan logo brincou com ela, imaginando que tinha sido obra de Matheus.

Saiu da escola e foi para a casa de Fernando. Encontrou-o na sala vendo televisão.

– Meu Deus! O que está fazendo aqui embaixo?

– Estou bem melhor hoje, olhe! – ele se exibiu.

– Não importa, Nando, deveria estar descansando! O médico disse que sua alta é só amanhã!

– Estou melhor! Não aguentava mais aquela cama!

Ela beijou o rosto dele.

– Nossa! Está fazendo efeito a pomada, sua pele está bem melhor.

– Obrigada! Posso sentir a diferença!

– Fico feliz por isso. Mas vamos comer? Estou com fome!

Andaram até a sala de jantar, almoçaram e Fernando falou animado dos projetos que apresentaria ao pai naquela noite. Depois de muita insistência, ele resolveu ensinar Brenda a desenhar. Sentaram-se no sofá da sala, e ele deu-lhe um caderno e um lápis. Pediu que desenhasse algo. Brenda desenhou uma casinha.

– Ficou bom, agora vamos aprimorar. Veja esse traço.

Brenda ficou boquiaberta ao ver o talento do amigo diante dos traços simples que ela desenhara.

– Uau! Meu barraco virou mansão! – ela comentou.

– Vamos tentar algo novo.

Ele desenhou alguns círculos e mostrou como eles se transformavam em um coelho.

– Que coelhinho fofo!

– Faça o mesmo.

Brenda tentou, mas não conseguiu.

Fernando ajeitou-se no sofá e segurou a mão de Brenda com força. Ela desviou o olhar do desenho e ficou olhando para o amigo.

Como pode ser tão talentoso e bonito?, pensou com um leve sorriso.

– Viu como é fácil?

Fernando levantou os olhos e percebeu que Brenda estava olhando para ele. Ela disfarçou e voltou a atenção para o papel. Passar a tarde na companhia de Fernando foi mais agradável do que pensara. Perto das quatro, resolveu ir embora. Eles se despediram, e Brenda foi feliz para casa.

Ficou conversando com Matilde enquanto ela preparava o jantar. Jantou antes que o pai chegasse e foi para o quarto.

Ficou treinando o dever de casa que Fernando tinha lhe passado. Sorria ao completar cada etapa, usou diversas vezes a borracha, mas não desistiu e conseguiu terminar.

Por um momento, parou e ficou se lembrando do dia com Fernando e de como o amigo estava sendo importante na sua nova caminhada rumo ao mundo real. Naquela noite, não precisou forçar a mente para não sonhar, estava com o coração em paz e logo adormeceu.

capítulo 5

Borboletas azuis

O SÁBADO TROUXE UM DISCRETO SOL na cidade serrana, estava frio. Brenda levantou-se, escovou os dentes e notou que sua aparência estava melhorando, graças à pomada milagrosa de Fernando.

Seu pai ainda estava dormindo, tomou café rapidamente e disse à avó que iria à casa de Megan. Ela queria sair antes que o pai acordasse.

Todo sábado era o mesmo costume, poucas vezes a rotina mudava. O pai acordava na hora do almoço, à tarde fazia as reuniõezinhas com os amigos e, à noite, saía para namorar e beber com o mesmo grupo. Só voltavam de madrugada.

Depois do almoço, Megan convenceu Brenda de irem no Cyber Café para mexer nos computadores. Brenda relutou, mas foi; não queria se encontrar com a tal senhora que sempre fazia perguntas complicadas.

– Acho que você está gostando do Fernando – Megan comentou no caminho para o Cyber.

– Está louca? É claro que não! É apenas um grande amigo.

– Sei que é. Mas, ultimamente, de dez palavras que você fala, nove são Fernando.

– Adoro ele, gosto de conversar, rir...

– Gosta dele, só falta assumir!

Brenda fez careta.

Entraram no Cyber, e Megan foi logo mexendo no computador.

– Adoro essa internet!

– Vou lá em cima.

– Desde quando prefere livros à internet? – disse ela, empolgada, sem desviar os olhos da tela.

– Já volto.

Brenda subiu as escadas. Novamente os corredores estavam vazios, estava ansiosa e curiosa para ler algum trecho do livro misterioso que a senhora lhe entregara naquele dia.

Procurou nas prateleiras e lá estava ele, no mesmo lugar.

Abriu rapidamente e percebeu que no livro havia apenas pensamentos, ao passar o polegar pelas primeiras folhas. Em cada folha, havia um pensamento. O primeiro do livro dizia:

> Viver além dos sonhos é crer que a vida é sempre uma caixa de surpresas, é sempre carregada de novidades. Basta saber extrair dela o seu melhor. O melhor nem sempre é barganhado com altos preços. Às vezes, é trocado por uma simples delicadeza de ação.
>
> Os melhores lugares nem sempre são os que um montante de dinheiro pode adquirir, mas os que custaram seus esforços para serem conquistados.
>
> Eu fico com aqueles que sempre encontram um motivo para continuar, mesmo com tudo mostrando o contrário.
>
> Muitas vezes, a felicidade está diante dos seus olhos, mas, se eles continuarem fechados, você se priva das escolhas. Abra os olhos, contemple as possibilidades, escolha a simplicidade, ela o levará aos lugares mais altos.

– Que lindo – sussurrou Brenda.

Virou mais uma folha.

> O que você espera da vida? Que ela traga todos os seus sonhos realizados através de presentes?

Seria muito bom, pensou ela.

> A embalagem não diz que é um presente. Antes de concluir pela embalagem, lembre-se de que, além de poder vir sem ela, o que vai dizer se é ou não um presente é a forma como foi entregue. Faça que a sua vida seja um presente na vida dos outros. Faça com que eles se alegrem e celebrem sua existência pelos talentos que você possui, que lhes foram dados para servirem aos outros.

Brenda escorregou pela prateleira de livros e sentou-se no chão, estava tendo a atenção capturada por aquelas palavras tão sábias. Virou mais uma página.

> Não tenha medo de viver. Muitos esperam pelas cores que somente você poderá pintar na vida deles. Você é um fenômeno inexplicável, incomparável e único.
>
> Ninguém no mundo irá fazer aquilo que você foi criado para realizar. Se você decidir não fazer, sempre ficará em branco...
>
> Vazio...
>
> Desabitado.
>
> Só você pode preencher. Não importa o que seja, todos nascemos com um lindo propósito a realizar. Procure o seu, descubra, aventure-se na sua própria vida. Encontrará beleza, verdade e uma espetacular descoberta.

– Olá, Brenda – disse a senhora.

Brenda esquivou-se e fechou o livro. Quando ia se levantar, a senhora a segurou pelo braço.

– Calma, querida, sente-se.

Brenda espantou-se quando aquela simpática senhora sentou-se no chão, à sua frente. Ela aquietou-se e sentou de novo.

– Tem andado sumida.

– É. Um pouco.

– Sonhado muito?

Ela cerrou os lábios e concordou com a cabeça. Precisava de respostas, era uma boa hora de começar a diminui-las. Brenda também estava curiosa para saber mais sobre aquela misteriosa senhora. A paz que vinha dela lhe fazia bem.

– Conte-me seus sonhos, querida.

– Não iria acreditar em mim.

– Não julgue as pessoas pelo que vê.

Brenda se lembrou do primeiro sonho e do segundo. Não foi difícil abrir seu mundo para aquela mulher desconhecida. Sentia-se segura, sentia-se corajosa. Chorou por alguns instantes e, por fim, disse:

– Agora luto contra mim mesma... Quero estar lá mais do que aqui!

– Nada lá é real, minha querida.

– Eu sei disso, mas parece.

– Você torna real aquilo em que quer acreditar.

– Por que somente minha amiga no sonho sabe quem eu sou?

– Talvez sua amiga conheça sua alma, ela a vê como você realmente é, independentemente de sua aparência.

– Mas é tudo uma loucura, tenho tantas perguntas! Como, por exemplo, meus desejos lá são reais?

– Não tenho respostas para todas as suas perguntas... Contudo, sei que você precisa enxergar que existem coisas boas nessa vida, não vale a pena viver no mundo dos sonhos. Nada que tenha lá é mais importante do que aquilo que existe aqui.

Ressentiu-se e lembrou-se de sua mãe.

– Você não sabe nada da minha vida – disse, triste.

– Imagino que não seja fácil. Mas, ainda assim, vale a pena, seja lá o que for que tenha encontrado no seu mundo imaginário.

– Quero minha mãe.

– E é lá que pretende encontrá-la? Quem faz a vida ser boa são suas escolhas.

– Não sabe o que é não ter uma mãe! Não escolhi isso! – disse com a voz embargada e levantou-se depressa. – Não escolhi ter um pai que parece um monstro! Não escolhi ter a vida que tenho!

Ela colocou de volta o livro na estante.

– Precisa perdoar sua mãe, Brenda.

– Como sabe que eu não a perdoei? Não sabe nada de mim!

– Seu coração está ferido, precisa se libertar das mágoas do passado para que possa olhar para a frente e prosseguir. Sua vida é especial para as pessoas, Brenda. Não é o fato de você ter sido separada da sua mãe que torna você menos importante.

– Você não sabe nada de mim! Não devia ter vindo!

Desceu depressa a escada.

– Vamos, Megan!

– Já?

Brenda puxou a amiga da cadeira.

– Espere aí! Deixa eu sair da minha conta!

Brenda olhou para o alto e a senhora cerrou os lábios, observando as duas amigas.

– O que foi, Brenda? Toda vez que você vem aqui, temos que sair correndo!

– Não volto mais aqui!

– Por quê?

– Aquela senhora!

Brenda relatou a breve conversa com a senhora. Megan disse que ela deveria levar em consideração suas respostas, pois pareciam sensatas. As palavras poderiam ser sábias. Todavia, para Brenda, soaram como ofensivas, sinceras até demais.

Voltaram para a casa de Megan.

Brenda lembrou-se da saída com Fernando quando se aproximava das quatro da tarde. Ainda não tinha pedido ao pai e, muito menos, confirmado com o amigo.

Tomou coragem e foi para casa. Sentia uma incrível alegria por saber que sairia com Fernando. Pensou na roupa que iria, diante das poucas opções que tinha.

Entrou em casa e o pai estava com dois amigos bebendo cerveja e rindo de algo na TV, um filme antigo.

– Oi – disse ela na porta da sala.

– Não tem casa, garota? Não te vi esses dias!

– Estava com Megan.

Ele sorriu com os amigos e Brenda viu que era a hora ideal de pedir.

– Pai?

Ele não ouviu, e um dos seus colegas esbarrou no braço dele para que ele olhasse a filha.

– Fala – seu tom foi grave.

– Queria pedir se posso sair hoje com meu amigo, o Fernando.

– Aonde vão?

– No cinema – sentiu a respiração presa de ansiedade.

– Está namorando?

– É claro que não, ele é só meu amigo.

– Que horas pretende ir?

– Na sessão das sete.

– Mande ele vir pedir pra mim. Não é assim.

– Ok!

Ela sentiu uma incrível alegria a dominar e foi correndo para o quarto. Pegou o celular e ligou a cobrar para Fernando.

– Nando? – disse ela, animada.

– Poxa, pensei que não me ligaria mais.

– É que só agora falei com meu pai! Ele deixou!

– Sério mesmo? Assim, na boa?

– É. Mas...

– Mas...

– Ele quer que você venha pedir a ele.

– Uau! Mas tudo bem, eu vou. Espero que ele seja mais simpático. Da última vez em que você me apresentou, ele quase nos expulsou daí!

– Incrivelmente, ele está de bom humor hoje. Você vem?

– É claro! Às seis eu passo aí.

– Beleza!

– Posso te pedir uma coisa?

– Claro!

– Solta o cabelo?

– Não começa!

– Ok, não vou forçar, mas eu iria gostar.

– Até depois!

Foi para o banheiro e tomou uma ducha demorada. Passou uma quantidade maior de creme nos seus cabelos longos, com cachos grossos.

Matilde entrou no quarto dela com o secador e o modelador. Fez escova nos cabelos da neta e depois realçou seus cachos dourados.

Pegou uma calça jeans menos batida e colocou uma blusa branca com pequenas flores bordadas, na cor azul. Tentou passar lápis nos olhos. Afinal, esse era o primeiro encontro oficial com um rapaz. Ele era seu amigo, mas era um lindo rapaz.

Lindo rapaz?, pensou, aturdida. É, preciso confessar, meu amigo é muito lindo. Desvencilhou-se dos pensamentos e voltou a se olhar no espelho. Colocou o lápis fraco nos olhos, passou blush e um brilho labial, pegou o celular, o brilho e colocou tudo na bolsa. Vestiu a jaqueta jeans.

Ouviu a campainha, era ele. Correu depressa até a sala, queria abrir a porta, mas seu pai já estava lá, dificultando a visão de Fernando.

– Não vamos chegar tarde – garantiu Fernando.

– Não está namorando ela, está?

– Não, senhor, somos apenas amigos. Nada mais.

– Se beijar minha filha sem consentimento eu te arrebento, rapazinho.

O pai de Brenda virou-se para ela e deu mais um gole na sua garrafa de cerveja.

– Não quero que chegue tarde, garota.

– Eu sei – disse ela, de olhos baixos.

Murilo passou por ela e caminhou até a sala. Quando Brenda percebeu que ele tinha passado, ergueu os olhos.

Sua boca ficou entreaberta e estática.

Fernando estava de calça jeans, um blusão azul escuro em degradê de manga longa, aberto na frente. Por baixo, usava uma camisa branca. Os cabelos pretos estavam molhados, jogados desalinhados para o lado. Seu rosto não era de um garoto, aparentava ter uns 25 anos, seu queixo era alinhado ao lindo sorriso, em que duas covinhas sempre apareciam nas bochechas. Sua pele era lisa e sem defeitos, o nariz era na medida certa, a cor morena realçava todo aquele lindo conjunto. *Como nunca reparei?*, pensava ela, enquanto o olhava.

Como pode ser tão lindo sem aquele uniforme? Meu Deus! Quem é esse na minha frente?

Ele sorriu ao olhar Brenda de cima a baixo. Jamais vira a amiga tão bem trajada e bonita. Estava simples, mas encantadora.

– Vai me deixar na porta? – ele abriu um enorme sorriso.

– Eu... – ficou sem saber o que dizer. – Claro que... que... não.

– Vamos? – ele aproximou-se e beijou o rosto dela calmamente.

O cheiro dele fez com que ela fechasse os olhos, era envolvente.

– Está linda, Brenda.

– Você também está... muito bonito – ela riu.

Ela queria dizer que nunca o tinha visto tão lindo, mas ficou desorientada. Sentiu novamente a deliciosa sensação no meio do seu peito, chegou a apertar de tão bom.

– Vamos? – disse ele.

– Antes venha falar com minha vó.

Segurou a mão dele e o levou até a avó, que estava na cozinha fazendo alguns bordados em um pano de prato.

– Olha quem está aqui, vó!

– Oi, meu filho! Há quanto tempo não te vejo!

Ela levantou-se e o beijou.

– Oi, vó. Não faz tanto tempo assim.

– Como está lindo, Nando! Diferente.

– O que um uniforme feio não faz, hein?

– Fico feliz de levar minha Brenda para passear. Que alegria!

– Queria fazer isso mais vezes, se ela não fosse tão durona.

– Para, Nando!

– Você é capaz de dobrá-la – Matilde piscou um dos olhos para ele. – Fez ela soltar esses cabelos...

– É, eu vi – ele respondeu, rindo. – Ficou lindo assim – ele olhou nos olhos de Brenda, que baixou a cabeça.

– Vamos, Nando? Não posso voltar tarde.

– Que Deus esteja com vocês, meus filhos.

Passou rápido pelo pai, disse um tímido tchau e saíram. Do lado de fora, uma brisa fresca e gostosa passou pelo seu rosto. Podia mesmo tocar sua alegria de tão grande. O sol já havia se escondido, o céu estava maravilhoso.

– Teremos que ir de ônibus, Bê, ainda não tenho carteira e, muito menos, carro.

– Claro, tudo bem!

– Podemos ir a pé, se quiser, dá menos de quinze minutos daqui.

– Vamos a pé mesmo, então.

Olhou para o céu e a lua se preparava para aparecer por completo, pequenos pontinhos de estrelas também já brilhavam de longe, um início de noite perfeita para um passeio a pé. Andaram lado a lado até a saída da casa. Na rua, ele parou e entrou na frente dela.

Enfiou a mão no bolso e tirou uma borboleta azul.

– Trouxe para você.

– Que linda!

– Adorei seu cabelo assim, solto, com cachos. Imaginei que estariam assim mesmo.

Fernando aproximou-se lentamente, ela reparou que era uma presilha de cabelo. Sua franja cacheada estava com uma parte caída sobre a lateral do rosto. Ele gentilmente levantou a franja e colocou a presilha, prendendo a mecha do cabelo.

– Ficou linda assim – ele riu, satisfeito. – Lembro de você quando vejo borboletas.

Brenda sentiu o rosto corar e colocou a mão na presilha para se certificar de onde estava, ajeitou os óculos timidamente e suspirou fundo antes de levantar os olhos de novo para ele.

– Obrigada. Mas, por que se lembra de mim?

– Por vários motivos.

– Quais?

– Porque são simples, por ser um dos poucos seres vivos azuis. E... Só você não se convenceu de que é tão encantadora como elas.

– Só se eu passasse pela metamorfose delas.

– Já passou, Bê, só você que não percebeu.

– Queria ser como elas, sair do casulo e voar. Adoro borboletas.

– Sei que gosta. Você se parece com elas, que pertencem aos céus. Podem voar por aí, por onde quiserem.

Ela riu sem jeito.

– Deveria usar essas coisas, são femininas – disse ele.

– Entende disso?

– Vi hoje, em uma loja do centro, no cabelo da vendedora, e resolvi trazer para você.

– Obrigada. Mas como sabia que eu estaria de azul?

– Não sabia, sempre reparei que você usa uma ou outra coisa nessa cor, imaginei que fosse sua cor favorita. Até porque pintou o coelho de azul.

Eles riram. Brenda ficou surpresa por ele acertar sua cor favorita.

– Você não existe, Nando!

– Vamos?

Ele estendeu a mão para ela e, sem jeito, ela não sabia se a segurava ou não.

– Ok – precipitou-se ele –, só pensei que poderíamos andar de mãos dadas, como amigos.

Brenda apoiou-se no ombro do amigo e o empurrou. Segurou o braço dele, e caminharam devagar até o centro da cidade. Reparou que, mesmo usando sandálias altas, ainda ficava aquém da altura dele, que devia ser 1,80.

– Devíamos apressar o passo, senão vamos perder a sessão – disse ele.

– É verdade.

Chegaram ao cinema e ele comprou os ingressos, além de refrigerante e pipoca.

Era um filme romântico que estreou naquela semana. Ela gostou de senti-lo por perto. Em um dado momento, parou de olhar o filme, fitou o perfil de Fernando e achou linda a maneira como ele sorria. Arrepiou-se com a música que fazia fundo para o casal do filme.

Brenda terminou a sessão com lágrimas nos olhos.

Fernando aproximou-se lentamente e, sem que ela percebesse, inspirou o perfume de Brenda, que parecia uma colônia refrescante.

Saíram dali e foram ao McDonald's. Fazia tempo que Brenda não comia um lanche lá, na última vez tinha ido com Gustavo e Megan, e o amigo tinha pagado a conta. Riram, conversaram e perceberam quanto se davam bem. Depois do lanche, tomaram sorvete e comeram chocolate, enquanto conversavam sobre diversos assuntos.

Na volta, resolveram ir caminhando. Fernando enfiou as mãos nos bolsos da frente da calça. Brenda olhou para ele e deu um sorriso tímido.

Ele é lindo! Por que nunca reparei? Como ele é lindo.

Fernando estava incomodado de andar tão distante dela e, ainda receoso, tirou a mão do bolso e lentamente segurou a mão de Brenda, entrelaçando seus dedos. Ela olhou rapidamente para as mãos unidas e sentiu seu interior saltitar de repente, como um choque em seu coração, acelerando-o. Ficou sem jeito e a mão começou a suar. Fernando riu, não podia imaginar o que a amiga estava sentindo.

Pensou no caminho em soltar a mão dela, mas a sensação de prazer fez com que ele não recuasse. Porém, o simples gesto os silenciou até o destino final, a casa dela.

– Está entregue – disse ele.

– Adorei a noite, Nando, adorei sua companhia, adorei a borboleta – ela tocou na cabeça.

– Podemos repetir se você quiser.

– Claro, foi bem legal.

O silêncio os dominou. Fernando enfiou as mãos nos bolsos, seu coração batia diferente, não sabia, ficou sem jeito diante da melhor amiga.

– Vou entrar – disse ela, sem saber o que fazer com as mãos.

– Tão cedo? Fica mais um pouco?

– Preciso entrar.

Brenda aproximou-se e, ao ir beijar o rosto dele como sempre fazia, ele deu um recuo e a olhou nos olhos. O coração dela acelerou, sua respiração picotou.

O que está acontecendo? O que ele tem? Magnetismo? Não sabia que eu era de ferro!

Fernando acariciou levemente o queixo dela, passou o polegar com carinho na sua bochecha, e ela corou de vergonha. Seu olhar era brilhante, bem parecido com uma estrela daquela noite. Ele se aproximou mais dela. Com a mão direita ainda tocando seu queixo, segurou a mão dela com a esquerda. Brenda sentiu uma enorme ternura por ele, ou seria paixão? Nenhum rapaz jamais havia feito seu coração bater daquela forma, como se quisesse saltar do peito.

Aproximou-se e beijou o rosto dela, pegando o canto dos lábios. Brenda sentiu o coração com ardor, e o olhar dele não se desviava do dela. Era o momento certo, ela também queria aquele beijo.

Seus lábios tocaram-se de uma forma serena. As mãos de Fernando seguraram o rosto de Brenda e, deslizando-as por sua nuca, ele a puxou para mais perto. Um longo beijo...

Brenda queria respirar, não sabia mais como usar a respiração normal. Afastou-se com vergonha e novamente se sentiu sedenta por aquele beijo incomparável.

É o melhor de todos os beijos!, pensou, festiva.

Riu, sem jeito, e ele também.

– Desculpa – disse ele, colocando uma das mãos no bolso, enquanto com a outra empurrava o cabelo para trás.

– Tudo bem, eu... não sei o que dizer – expirou de vez.

Eles se olharam nos olhos, o rosto de Brenda queimava. Jamais pensou que a noite terminaria daquele jeito. Fernando era seu melhor amigo e não seu amado, muito menos seu príncipe em um cavalo branco. *Que loucura!*

– Gosto de estar com você, Brenda.

– Eu também gosto de estar com você – ela abafou o sorriso acanhado.

Fernando aproximou-se ainda mais, tirando todo o espaço entre eles. Brenda ergueu a cabeça para visualizar aquele rosto perfeito do amigo, que jamais havia notado, antes daquela noite, ser tão lindo e másculo. Fernando pegou as duas mãos dela e as beijou. Lentamente, seus rostos ficaram próximos, e ele tirou os óculos de Brenda. Ele desejava continuar concentrado naquela cena, seu dedo indicador desenhou o nariz dela, as sobrancelhas e, por fim, desenhou delicadamente seus lábios.

– O que está fazendo, Nando? – perguntou, respirando ansiosamente.

– Decorando seu rosto. Agora não esqueço mais.

Novamente ele se aproximou e a beijou com carinho.

– Você é uma garota especial.

O coração de Brenda apressava-se cada vez mais. Ele acariciou o rosto dela, pegou uma mecha dos cabelos e sorriu.

De repente, o pai de Brenda apareceu na porta da cozinha e viu a filha de cabeça baixa, com o rapaz mexendo nos seus cabelos. Sentiu grande ira e gritou seu nome.

Brenda enrijeceu os músculos. Toda a cena fora corrompida pelo enorme pavor que tinha de Murilo. Queria correr e fugir, mas ele parou no meio do quintal.

– Venha aqui, Brenda, agora! – ordenou, esbravejando.

Estava bêbado, como todo final de sábado. Deveria estar na rua com os amigos, não em casa.

– Depois nos falamos, Nando! – disse ela, assustada. – Tchau.

– Espera aí! Eu vou com você!

– Não! Ele pode querer fazer algo com você! Não!

– Não tenho medo dele!

Brenda tentou segurar o braço dele, mas Fernando foi andando rápido para perto do seu pai.

– Boa noite, senhor Murilo. Quero dizer que Brenda...

– O que foi que eu disse, rapaz? – disse ele, empurrando Fernando.

– Calma, senhor, está bêbado e é melhor conversar com Brenda outro dia.

– Venha aqui, garota! – ele puxou Brenda com violência pelo braço e a sacudiu. – É assim que paga minha confiança?

Brenda começou a chorar, e Fernando doeu-se por ela.

– Está machucando sua filha! Solte-a! – disse Fernando com raiva, tirando a mão de Murilo de cima do braço de Brenda.

– Saia daqui, moleque! – Murilo empurrou Fernando, que se desequilibrou e caiu no chão.

– Parece uma qualquer! – ele sacudiu Brenda, arrancou a presilha do seu cabelo com violência e a jogou no chão. Doeu a puxada de cabelo e, em seguida, ele ainda lhe deu um forte tapa no rosto.

Fernando ferveu e, sem pensar, totalmente tomado de ira, tirou Brenda à força dos braços do pai, empurrando-o furioso, fazendo com que ele caísse.

– Para, Fernando! Pelo amor de Deus!

Possuído de ira, pegou Murilo com força pela camisa e acertou-lhe um cruzado de direita. Nervoso, esbravejou:

– Desgraçado! Se encostar um dedo nela, eu acabo com você!

Murilo ficou caído no chão, ainda grogue. Se estivesse sóbrio, seria uma briga feia, já que Fernando era mais alto e muito mais forte que Murilo.

– Vai embora, Fernando! – Brenda suplicou, entre lágrimas.

– Você está bem? – perguntou, voltando-se para ela, preocupado, avaliando seu rosto, que estava vermelho.

Fernando trincou os dentes e fechou o punho com ira. Voltou para atacar Murilo.

– Vou acabar com esse miserável! – o rapaz disse, mas Brenda agarrou com força sua camisa.

– Por favor, vai embora?

Ela o empurrou até o portão, lá fora.

– Me perdoe por estragar seu dia – disse ele, sentido, acariciando o rosto da garota.

– Esquece isso! Você me deu um dos dias mais felizes da minha vida. Agora vai! Por favor!

– E se ele te machucar de novo? Vou ligar para a polícia! – disse, tirando o celular do bolso.

– Por favor, não! Vai? – ela o empurrou.

Trancou o portão, passou rapidamente pelo pai que ainda estava caído e tonto na frente da porta.

– Você merece uma surra! – ele gritou.

Brenda correu e trancou-se no quarto.

Chorou profundamente. Encolheu-se no canto do quarto, seu rosto doía muito. Chorou ainda mais quando passou a mão nos cabelos e viu que a borboleta fora arrancada de sua cabeça.

Foi para a cama, apenas tirou as sandálias, encolheu-se debaixo do edredom e chorou de soluçar. Ao ir perdendo as forças, o celular tocou, era Fernando.

– Oi – atendeu, entre lágrimas.

– Não consegui ir embora ainda, minha estrelinha. Como está?

– Estou no quarto, ele deve estar na sala.

– Eu sei, fiquei olhando e me certificando de que você ficaria bem.

– Obrigada por tudo. Mas vai embora, Nando, vou ficar bem.

– Bê, se precisar, me chama.

– Tudo bem. Mas por que me chamou de estrelinha?

– Porque seus olhos estavam como elas, quando... nos beijamos.

Seu coração sentiu uma repentina paz, lembrou-se do beijo tocando em seus lábios, e seu pai estragara para sempre a lembrança daquele tenro momento.

– Não devíamos ter feito aquilo.

Sentiu culpa, sentiu confusão em suas palavras.

– Me desculpa, confundi os sentimentos. Fique bem, isso não vai mais acontecer.

Brenda estava confusa e não sabia se realmente não queria mais que aquilo acontecesse. Foi doce, foi forte, leve e suave. Foi lindo, mais incrível do que sempre sonhou.

– Tudo bem.

– Fique bem. E, Bê?

– Diga.

– Não vá para o seu mundo de sonhos... Se for, não me esqueça lá.

Ela ficou em silêncio.

– Boa noite – disse a voz esmorecida de Fernando.

Brenda desligou o telefone e novamente voltou a chorar.

Seu último pensamento antes de dormir foi que queria voltar novamente para o sonho, pelo menos para dizer à mãe que a amava e que a tinha perdoado.

Adormeceu.

capítulo 6

Estrelas no céu

No mundo dos sonhos

OLHOU AO REDOR E O BARULHO DA TORCIDA era ensurdecedor. Concluiu que estava novamente no mundo dos sonhos.

O técnico olhou a mão dela e viu que tivera luxação. Resolveu tirar Brenda do jogo e preservá-la para a próxima partida. Ela ficou sentada no banco junto com as reservas, disfarçou e olhou para Matheus. Ele tinha tirado sua concentração.

Sem sua principal cestinha, perderam o primeiro jogo. Brenda acenou para Matheus e foi andando para o vestiário. Tomou banho e trocou de roupa.

Na saída, viu que Matheus a esperava. Ficou nervosa e tentou controlar a respiração.

– Como está a mão? – perguntou ele, examinando-a.

– Apenas luxação. Vou ficar bem.

– Por que se distraiu?

Porque o cara mais lindo deste mundo apareceu, me viu como o centro do universo e acenou para mim!

– Não sei…

– Está em pé nossa saída?

– É claro. Você me liga?

– Ligo, gata.

Ele beijou o rosto dela, e ela estremeceu por inteiro.

Passou o dia se lembrando dos seus momentos com Matheus e do seu desejado encontro.

Às seis e dez, estava diante do seu closet, procurando, entre as mais diversas roupas, a ideal para o grande encontro. Optou por um vestidinho novo, branco com flores azuis e uma pequena borboleta nas alças. Achou engraçado poder usar vestido naquela noite, que, incrivelmente, estava quente.

Escovou os cabelos lisos e compridos, passou batom e deu uma última olhada no espelho.

Pegou sua bolsinha pequena, colocou nela o celular, certificou-se de que estava no último volume no caso de a mãe ligar. Desceu e despediu-se da avó. Foi para o lado de fora e olhou o relógio.

Com 15 minutos de atraso, ela avistou o carro de Matheus entrando pelos portões da sua casa, um maravilhoso carro grande e branco.

Ele estacionou e desceu do carro. Por um momento parou e olhou Brenda de cima a baixo. Ela arqueou as sobrancelhas e mordeu o lábio, esperando o comentário dele. Ela estava completamente encantadora, como pensou Matheus. O olhar dele percorreu seu jeito de menina, sua cintura e suas pernas. Ela era deslumbrante e, naquela noite, seria só dele.

Brenda suspirou fundo diante daquele rapaz alto, com os cabelos loiros repicados e lisos, o queixo másculo combinando perfeitamente com seus olhos esverdeados. Estava de camisa listrada, calça jeans e sapatênis.

– Uau – ele riu ao segurar a mão dela. – Está linda!

Ele deu um beijo demorado em seu rosto e esfregou o nariz na sua pele. Brenda prendeu o ar. Fugindo e querendo puxar assunto, ela comentou sobre como o carro dele era bonito. Ele perguntou onde ela queria ir, assim que abriu a porta do carro. Sugeriu cinema, mas ele tinha outros planos.

– Pensei em levá-la a outro lugar... Claro, se quiser.

– Posso saber aonde?

– Onde se pode ver estrelas.

– Que lugar?

– O mirante da cidade alta.

– Não sei, Matheus. Lá costuma ser deserto a essa hora e...

– E é um lugar ideal para namorar. Não é isso que dizem?

– É – disse, constrangida. – Pelo menos, é o que dizem.

– A visão é magnífica, Brenda. Não é um lugar só para namorar, a visão compensa.

– Ok, então. Vamos.

Brenda mordia o lábio e ficou vendo os carros passarem, ainda tentando acreditar que finalmente estava ao lado do seu desejado Matheus. Parecia verdade, como também parecia algo irreal, louco demais. Sentia em seu interior que faltava algo; não sabia o que era, mas faltava.

Matheus não se conteve e afastou os cabelos dela que caíam na bochecha, e ela prendeu a respiração. Sorriu sem jeito e continuou olhando para o lado de fora.

Chegaram ao mirante; a vista da cidade à noite era realmente incrível.

– Vamos lá fora? – perguntou Brenda, inquieta.

– Vamos – disse ele, lentamente, com um sorriso no rosto. – Mas essas estrelas merecem essa música.

Ele ligou o som do carro. Já na introdução, Brenda abriu a boca, surpresa.

– O que foi, gatinha? Gosta dessa música?

Brenda deu um leve aceno, concordando com a cabeça. Era sua música preferida, adorava ouvi-la no celular.

– Espere aqui que eu já volto – disse ele, saindo do carro.

Enquanto Matheus saía do carro e dava a volta para abrir a porta, Brenda sentiu o coração se acelerando com o trecho da música "Enchanted".

Por que essa letra não está combinando com esse momento? Já nos conhecemos? Será ele a minha soma exata? As músicas da Taylor sempre me lembram uma única pessoa. Mas quem?, pensava Brenda, enquanto segurava a mão dele para sair do carro.

Brenda sentia que seu coração ia sair da boca de tão desesperado que batia. Ele tocou seu rosto com os dedos e desenhou seu nariz, o coração dela apertou-se, sentiu a ausência de algo. Tirou a mão de Matheus de seu rosto e esquivou-se.

Cruzou os braços e ficou olhando a cidade iluminada. A paisagem era inesquecível.

– O que foi, Brenda? – perguntou Matheus, com carinho.

– Nada – disse ela sem jeito. – Só não sei se estou preparada para isso – abaixou a cabeça, envergonhada.

– Para um beijo? – Matheus aproximou-se e levantou o rosto dela pelo queixo.

Os olhos de Matheus eram lindos e sedutores, a pele dele a chamava para um delicioso afago. Eles se beijaram. Brenda não sabia definir o que sentia, mas era bom.

Tinha paixão, tinha verdade. *Verdade?*, questionou-se.

Eu sinto.

Fato.

Ausência. O que é?

Brenda resolveu se entregar àquele momento, jogou os braços no ombro de Matheus e o beijou, mas ele devolveu a atitude de uma forma mais intensa. Brenda não estava segura e o empurrou.

– Não, Matheus. Não.

Ele suspirou fundo e soltou rápido.

– Me desculpa.

– Melhor irmos embora, não tem ninguém aqui e pode ser perigoso.

– Tudo bem.

O coração dela estava estranho, queria entendê-lo e chegar à conclusão de que era seu sonho sendo realidade, seu maior desejo ali do lado, totalmente dado a ela. Ele entrou no carro e, por um momento, a olhou, tentando entender seus motivos confusos. Deu a partida no carro.

Matheus a levou a um restaurante, onde jantaram e falaram sobre família. Constantemente Brenda olhava o celular, mas não havia nenhuma chamada da mãe.

No banco de dois lugares do restaurante, ele colocou o braço na cadeira e escorregou para mais perto dela.

– Brenda, eu... demorei demais para compreender muitas coisas, mas o fato é que...

A respiração dela ficou retida de ansiedade, as mãos tremiam, e mal podia encarar aqueles olhos lindos que ele tinha.

– Estou gostando de você – ele disse, e o coração dela deu um breque; respirou fundo para raciocinar. – Desde que te vi pela primeira vez naquele campo de futebol, contando as estrelas.

– Quando? – perguntou, confusa.

– Na noite em que te vi deitada na arquibancada olhando as estrelas.

Brenda fechou os olhos e lembrou-se da noite em que estava deitada na arquibancada do campo de futebol da escola olhando as estrelas. Nesse dia, Matheus chegou de repente e conversaram sobre sonhos e desejos. Ficou confusa consigo mesma, pensou que aquilo não fora real, não achava que tinha sido ele.

Meu Deus! Aquilo não foi um sonho, foi real, era o Matheus naquele campo ao meu lado!, pensou, em concordância com seus pensamentos.

– Eu queria saber se... você quer namorar comigo?

Brenda empalideceu, sentiu falta de ar, não sabia se fechava a boca ou respirava. O grande amor da vida dela, ali, gentil e educado, declarando-se, pedindo-a em namoro.

Pegou a taça com água e deu um gole. Não podia ser verdade, claro que não!

– Matheus, nem sei o que dizer.

– Podia dizer que quer namorar comigo – ele riu.

– Isso não pode ser real – ela sussurrou.

– É claro que é, Brenda! – Ele acariciou o rosto dela. – O que me disse, sobre isso tudo ser um sonho, é claro que não é. Esqueça a realidade lá fora, esse é o seu desejo sendo real.

"Não me esqueça nos seus sonhos..."

Meu Deus, que frase é essa? Estou ficando louca! Eu não pertenço a esse mundo, não posso pertencer, é perfeito demais!

– Matheus, eu, eu preciso pensar.

– Como assim?

– Preciso conversar com meus pais primeiro, nunca tive um namorado antes.

– Seria eu? Seu primeiro namorado?

Ela concordou com a cabeça. Matheus adorou aquela notícia de que seria o primeiro namorado oficial.

Acabaram de jantar e foram embora. Ele parou o carro na frente da porta principal da mansão de Brenda.

– Adorei a noite – falou Brenda.

– Poderia ser perfeita se tivesse aceitado meu pedido.

– Por que eu, Matheus?

– Quer mesmo saber?

Ele segurou o queixo dela.

– Porque você é uma garota especial, e eu adoro estar com você.

Seu rosto corou de novo. Como ele conseguia fazer aquilo?

Ele segurou a mão dela, pegou uma caneta no porta-luvas, virou a palma da mão dela para cima e desenhou uma borboleta dentro de um coração.

– O que é isso?

– Assim gravei você dentro de mim.

Ela fechou a mão com força e sorriu.

– Até mais – disse ela, querendo fugir daquela situação.

Matheus a puxou pela nuca e a beijou com carinho. Gostaram do beijo, mas, para ela, ainda faltava algo. Uma sensação de vazio continuava inexplicável.

Desceu do carro e bateu a porta.

Matheus piscou o olho e fechou o vidro do carro, indo embora. Brenda abriu a mão e sorriu ao ver o desenho. Olhou para o alto e viu o céu estrelado.

"Seus olhos estavam como elas..."

Ouviu aquela frase em seus pensamentos, fechou os olhos e tentou se lembrar de quem havia dito aquilo.

Por que as estrelas lembram alguém que não é o Matheus? Por que desenhos e traços me trazem à mente alguém que eu não sei quem é? Meu Deus! O que está acontecendo comigo?

Suspirou fundo.

Seu celular tocou.

Apressadamente, pegou o celular na bolsa, as mãos tremendo.

– Alô? – atendeu, nervosa.

– Minha filha?

Seu coração vibrou. Sorriu quase sem ar. Engoliu em seco.

– Brenda? – disse a voz feminina.

– Mãe? – saiu como um sussurro.

– Filha? O que aconteceu?

– Mãe? – Os olhos de Brenda encheram-se de água.

– A ligação está ruim, filha, mas quero dizer que estou com saudades.

– Mãe… – As lágrimas desciam depressa pelo seu rosto.

– O que foi, minha princesinha? Sua voz está triste! O que aconteceu?

– Mãe, queria tanto… te ouvir.

– Filha, consegui resolver tudo e amanhã pela manhã estarei chegando em casa! Não vejo a hora de te ver!

– Eu também, mãe, eu também!

– Sabe, estive pensando: seu pai vai abrir uma filial aqui nos Estados Unidos, e estou pensando em nos mudarmos para cá. Mas, quando eu chegar, conversamos.

– Estados Unidos, mãe?

– É, mas aí conversamos. Amo você, filhota, a ligação está ruim. Não posso te ouvir direito, minha princesa. Não durma tarde e se cuide. Vou tentar ligar de novo, estou no aeroporto indo para o hotel. Eu te amo!

– Também te amo, mãe. Também quero te ver…

A ligação caiu, e Brenda sentou-se na escada que dava para a porta da sala. Chorou emocionada ao ouvir a voz da mãe. Queria continuar falando com ela, queria vê-la e abraçá-la bem apertado, mas era fato, ela voltaria.

Suspirou fundo e foi para o quarto.

Olhou a mão e viu o desenho de Matheus. Por que não se sentia completa? O que mais tinha desejado em toda a vida aconteceu. Podia namorar o garoto mais lindo do mundo.

Deitou-se na cama de costas e deixou as sandálias de lado. Olhou para a janela, e um objeto chamou sua atenção. Levantou-se e foi até ele.

Era um enfeite com borboletas azuis, feitas de cristais, penduradas por linhas de nylon.

Estou enlouquecendo, não me lembro dessas borboletas aqui, ontem.

Preciso ser quem sempre fui, já nem sei mais quem eu sou! Se este mundo aqui é real ou é o imaginário! Se isso tudo é realmente um sonho, eu quero acordar dele! Eu quero...

Deitou-se na cama encolhendo-se e dormiu.

No mundo real

Acordou com o celular tocando, assustada. Passou a mão no rosto e o sentiu dolorido. Rapidamente, lembrou-se do tapa no rosto que levara do pai.

Suspirou fundo e ficou pensando no seu último sonho. Olhou para a janela e não viu borboletas.

Foi para o banheiro e tomou banho. Lá, lembrou-se de Matheus, e os últimos acontecimentos dos seus sonhos vieram rapidamente. Olhou a mão e percebeu apenas alguns rabiscos indecifráveis.

Riu de nervoso.

Saiu do chuveiro e secou a mão delicadamente.

– Que loucura é essa? – sussurrou, com medo.

Ficou olhando durante alguns minutos para a mão. Levantou a cabeça e percebeu que o rosto estava um pouco vermelho, teria que passar base para disfarçar. Se Gustavo visse, certamente iria querer bater em Murilo.

Passou pela cozinha, cumprimentou a avó e disse que iria ver seus amigos.

Saiu pela cozinha e, por um momento, parou. Seus olhos queimaram em lágrimas ao ver a borboleta que Nando havia lhe dado caída e suja no chão. Foi o que seu pai fizera com aquele momento, transformando uma cena carregada de ternura em um episódio desprezível.

Pegou com cuidado e tentou limpá-la, mas a sujeira do chão do quintal estava agarrada na borboleta. Tentaria lavá-la com cuidado e guardá-la com muito carinho.

Foi para a casa de Megan e contou como tinha sido a noite, incluindo Fernando e o sonho. A amiga assustou-se quando viu os riscos na mão de Brenda.

Foram para a casa de Gustavo, e ela fez de tudo para que ele não a visse de perfil. Domingo era o dia em que costumavam ver filmes e descansar dos estudos da semana.

– Bem, meninas, é nosso último ano – disse Gustavo, deitado no sofá da sala. – E o vestibular está chegando!

– Devíamos estudar mais – disse Megan.

– Mais do que já estudamos? – retrucou Gustavo. – Vou enlouquecer!

– É verdade, estudamos todos os dias. São raros os dias em que, depois das aulas, a gente fica à toa, sem fazer nada. Creio que vamos passar. Só desejaria ficar perto de vocês – disse Brenda, triste.

– Está pensando em ir para fora do país? – perguntou Megan, com tristeza.

– Na verdade, sim, Meg. Minha avó juntou dinheiro por muitos anos, vai poder investir em mim e me bancar lá fora pelos quatro anos, está tudo encaminhado. Aquela família americana me aceitou para o intercâmbio... Estou feliz pela possibilidade de estudar lá fora, de estar perto de todas as novidades tecnológicas. E, para mim, será um alívio ficar longe daquele homem.

Gustavo sentou-se no sofá, e Brenda virou o rosto para que ele não visse a marca do tapa.

– Ele não bateu em você de novo, bateu? – perguntou Gustavo.

– Não, Gu! Mas você sabe como ele é! Ficar esses quatro anos longe dele vai ser um sonho! Quando voltar, estarei formada, adulta e vou poder me sustentar longe dele.

– Mas e se passar na faculdade, Bê? – perguntou Megan, inquieta.

– Se passar, vou provar para aquele homem que sou inteligente e merecedora, que não sou uma burra como ele vive dizendo. Diz que não vou a lugar algum. Quero provar que sou capaz de chegar aonde ele jamais pensou que eu chegaria.

– Não posso imaginar a vida sem você – Megan abraçou Brenda, e os olhos de ambas ficaram úmidos.

– Nem eu, nem eu... Amo demais você e o Gu. Junto com minha avó, são as pessoas mais importantes da minha vida!

– Mas e o Nando, hein? – Gustavo sorriu.

– Ele tem sido um fofo comigo – Brenda suspirou fundo. – Ele também é especial demais.

– O cara gosta de você. É muito melhor do que aquele Matheus otário.

– Implicante.

– Acho que você devia aceitar a proposta da minha mãe e ficar trabalhando com ela.

– É uma oferta tentadora mesmo, mas lá fora vou estudar inglês.

– Por acaso está indo pra lá por causa do sonho?

Brenda suspirou fundo.

– Bê, foi só um sonho – disse Megan. – Esquece esse sonho, sua mãe não está nos Estados Unidos.

– Não é só por causa do sonho! Eu quero ficar longe, bem longe daquele homem!

Brenda recusou-se a voltar para casa naquele dia e ficou na casa de Megan. No outro dia, foi com o uniforme reserva da amiga para a escola.

Ao chegarem, Brenda viu Fernando de longe, seu ser inquietou-se, e ele também ficou sem saber como agir. Brenda parou e o admirou em silêncio. Lembrou-se do beijo, seu coração bateu diferente.

Fernando passou a mão nos cabelos e parou de prestar atenção ao que seus amigos diziam. Ela respirava pausado. Ele riu e acenou sem jeito, ao que ela retribuiu com um tímido tchau.

– Ai, que fofos! – disse Megan, com voz melosa.

– Ele estava tão lindo no sábado.

– Ele é lindo! Precisa trocar os óculos!

– Ele ainda está me olhando...

– Vou chamá-lo aqui!

– Não faça isso! – disse Brenda, assustada, segurando os braços da amiga.

– São amigos! Agora não vai mais falar com ele? Para de show!

– Não é isso, só estou sem jeito. Vou para a sala!

Matheus vinha sorrindo e caminhando com um colega. Estavam distraídos e foram mexer com uma menina, e Brenda, nesse momento, estava se virando para sair e trombou com ele. Ela quase caiu. Seus óculos caíram e racharam. Ela ia xingar, mas quando viu quem era ficou sem ação.

– Poxa, me desculpa, colega! – disse Matheus, sem jeito, segurando o ombro dela.

Brenda ficou sem ar, não soube o que responder. No seu sonho, ela o tinha por inteiro, completo e apaixonado. Agora, ele nem sabia o nome dela, mas o que importava é que ele estava ali na sua frente, falando com ela e olhando em seus olhos.

– Tudo bem – Brenda conseguiu murmurar. Espremeu os olhos para o ver melhor.

– Cara, me desculpa mesmo – ele se abaixou e pegou os óculos dela no chão.

Do outro lado, Fernando olhava atento, sentindo a respiração pesada e um grande incômodo no estômago. Brenda pegou os óculos da mão de Matheus.

– Me desculpa, rachou o vidro – falou, envergonhado. – Te devo lentes novas.

– Tudo bem – ela suspirou fundo.

– Tudo bem, nada! – disse Megan, tirando a amiga do pasmo. – Pode ir dando óculos novos para minha amiga! Não olha por onde anda?

– Ok, já sei. Vou dar, sim – ele concordou.

– Para com isso, Megan! – sussurrou Brenda, entredentes.

– Faça o orçamento que eu pago, colega – disse ele. – Agora preciso ir, me desculpa de novo.

Antes de sair, ele encostou no ombro dela e ela quase desfaleceu, suspirando.

– Vou ganhar óculos novos dele – ela suspirou.

– Pelo menos isso. Mas como vai fazer agora?

– Agora que eu vi que está horrível de enxergar!

Brenda colocou os óculos rachados e novamente olhou Fernando, que não havia desviado o olhar dela. Ela sorriu acanhada e cortou caminho para não passar perto dele.

Na hora do intervalo, ela evitou ir para os lugares em que poderia se encontrar com Fernando. Estava envergonhada por tudo que tinha acontecido.

À tarde, como sempre faziam, foram estudar, mas antes Gustavo foi com Brenda até uma ótica para pedir que fizessem um novo par de óculos. Escolheram um dos mais caros para que Matheus pudesse pagar depois. Gustavo pagou na hora. Ficaria pronto em uma semana e, mesmo com urgência, teria que se esforçar com o quebrado.

Estudaram até o fim da tarde e jantaram na casa de Megan.

Despediram-se, e Brenda sentiu vontade de ir novamente para o seu recôndito. Gostava daquele cantinho especial. Passou pela portaria da escola e acenou para o porteiro. Estava de casaco fino rosa-bebê e calça jeans. Passou por alguns alunos da turma da noite e foi para a arquibancada do campo de futebol da escola.

Subiu alguns degraus e se deitou, olhando para o alto. Tirou os óculos. Percebeu que as estrelas ainda brilhavam, mas desfocadas.

A voz da mãe ainda dava eco na sua cabeça. Como queria encontrá-la.

Pensou em Matheus, em Fernando, nos seus sonhos e quase adormeceu com o vento calmo que passava por ali. Ouviu o sinal do intervalo da noite, precisava ir embora.

– Quantas estrelas contou?

Brenda levantou-se depressa ao ouvir aquela voz conhecida. Seu coração galopou quando seus olhos encontraram-se com os de Fernando. Ele estava de calça jeans, um casaco fino amarelo-claro e os cabelos desalinhados, bem o estilo dele.

– Como me achou aqui? – perguntou nervosa, procurando os óculos.

– Liguei para o Gustavo, ele disse que você tinha ido para casa. Liguei para sua avó e ela disse que você não tinha chegado e devia estar com seus amigos. Imaginei que estaria aqui – ele disse, colocando as mãos nos bolsos.

Brenda ainda procurava nos bolsos da mochila os óculos. Fernando deu um sorriso de canto, ela estava ainda mais linda sem eles. Sua pele estava quase cicatrizada das espinhas. Sentiu orgulho por tê-la ajudado.

Fernando olhou em volta e avistou os óculos no banco. Pegou-os.

– Aqui, Bê.

Ela pegou os óculos e logo os colocou.

– O que quatro graus de miopia não fazem, né? – ela estava desconcertada.

– O que aconteceu com os óculos?

– Matheus esbarrou em mim e os óculos acabaram caindo, rachando as lentes. O Gu mandou fazer outro novo. Mas… eu já estava indo embora.

Ao passar por ele, Fernando a segurou pelo braço.

– Vai ficar me evitando agora?

– Não é isso, Nando. É que eu já estava indo embora mesmo.

– Me desculpa. Esse sempre foi meu medo… De que você ficasse diferente comigo.

– Não estou diferente com você.

– Está me evitando, Brenda. Eu liguei ontem várias vezes, e você não atendeu.

Ela ficou encabulada e abaixou a cabeça.

– É que… Fiquei envergonhada por tudo que aconteceu.

– Prometo que não faço mais.

– Não é isso, mas não quero perder meu melhor amigo.

Fernando riu sem graça da frase, que, no seu interior, desceu pesada.

– Ainda vamos ser amigos?

– É claro que sim! – disse ela, surpresa.

– Vamos conversar?

Pensou rápido e resolveu ficar, queria a companhia dele. Sentia saudades. Sentaram-se e, totalmente diferente do que sempre foram, ficaram tímidos um com o outro.

– Posso fazer uma pergunta? – ele suspirou fundo.

– É claro – disse ela prontamente.

– Sonhou de novo?

Brenda suspirou fundo e soltou rápido o ar. Concordou com a cabeça.

– Posso saber como continuou?

– Deixa isso pra lá, Nando.

– Bê?

Ela olhou nos olhos dele, estavam caídos e tristes. Compadeceu-se por ele, e seu coração se apertou.

– Posso ficar sem muitas coisas. Mas não posso ficar sem você, sem sua amizade. Me perdoa pelo que aconteceu?

Ele cerrou os lábios, triste. Brenda sentiu seu coração apertado e sufocado. Aproximou-se dele rapidamente e, sem pensar, o abraçou com força.

– Me perdoa, Nando. Só fiquei sem jeito, só isso. Não sei o que seria de mim sem sua amizade!

O coração dele alegrou-se, cheirou o pescoço dela entre os cabelos e o cheiro do xampu o fez dar um pequeno sorriso, lembrando-se da noite em que se beijaram.

– Agora vai me contar? – ele riu.

– Ok, eu conto! Quer mesmo saber de tudo? – ela sorriu maliciosa.

– Juro que se falar que beijou aquele otário eu vou quebrar a cara dele na vida real.

Eles riram. Brenda contou como havia sido a conversa e o quanto ficou encantada com a voz de sua mãe. Sentiu os olhos queimarem.

– Como era a voz dela?

– Suave, branda, linda... Ela disse que chega amanhã. Bem, lá, quando eu voltar, vai ser a desejada manhã que tanto espero.

– Você precisa entender, Brenda, que tudo aquilo é só um sonho, um sonho esquisito, apenas imaginário. Ainda não consigo compreender o motivo de você sonhar como se fosse um filme sendo pausado a cada noite.

– Não entendo também. Mas é só eu desejar.

– Desejou naquela noite?

Soltou o ar de uma vez e concordou, com o cenho franzido.

– Desejei. Queria apagar aquele momento desgostoso que tivemos com aquele homem.

– Já desejou ter esses sonhos outras vezes?

– Não. Tudo começou naquela noite em que desejei uma vida diferente com todas as minhas forças.

– Recuse esse sonho. Pode te levar a um caminho errado.

– Eu sei. Já pensei nisso.

– Uma hora vai ter que decidir se quer essa ou aquela vida, pois uma das duas terá que ser interrompida. Parece que suas decisões lá, de certa forma, afetam sua vida aqui.

– Como assim?

– Olhe sua decisão, vai para fora do país porque sua mãe, lá no seu sonho, disse que vai te levar para fora do país. É só um sonho.

– Eu já tinha tomado essa decisão, Nando...

Eles ficaram em silêncio, e o coração dele inquietou-se pelo detalhe que estava tirando sua paz.

– E você e aquele otário?

Brenda riu e bateu levemente no ombro dele.

– Não vai querer saber.

– Me conta? Eu aguento.

– Para com isso, Nando, acabou de me dizer que tudo é apenas um sonho.

– Que você deseja muito que seja verdade. Me diz: estão namorando? É isso?

– Ele... me pediu em namoro.

Fernando trincou os dentes, mas resolveu respirar fundo e concluir que foi só um sonho dela. Não queria acreditar que poderia acontecer na vida real.

– E você aceitou – concluiu.

– Não. Foi estranho.

Ele a olhou rapidamente e sentiu um repentino alívio.

– Como assim foi estranho?

– Ele me pediu em namoro, mas eu estava confusa. Não sabia se realmente era aquilo que eu queria. Parecia que faltava algo.

– O quê?

– Não sei, mas faltava.

– O que mais aconteceu?

– Nada demais, apenas um beijo.

Ele sentiu a respiração presa de ciúmes.

– Esquece esse papo de sonhos! Vamos falar de outro assunto?

– O que trouxe de lá essa vez?

Brenda suspirou fundo, soltou o ar de uma vez e olhou para o alto.

– Ele desenhou na minha mão.

– Não me diga que acordou com o desenho na mão!

Brenda cerrou os lábios e concordou com a cabeça.

– O que tinha desenhado?

– Um coração e outro desenho que não lembro.

– Você me viu nesse sonho? – não conseguiu calar a pergunta.

– Vi, mas você não me conhecia – concluiu, triste.

– Espero que você descubra a alegria que torna este mundo real. Mesmo com infelicidades, ele também pode ter momentos bons.

– Sim...

– Vamos? Eu te levo para casa.

– Não precisa. Não quero que encontre meu pai por lá.

– Como foi esses dias?

– Estou praticamente fugindo dele.

– Fiquei possuído quando ele bateu em você.

– Esquece isso.

Ele levantou-se e estendeu a mão para ajudá-la a descer da arquibancada.

– Está conseguindo enxergar com esses óculos tortos?

– É claro, seu bobo! Bem, mais ou me... – Ela mal tinha acabado de falar e desequilibrou-se, Fernando a segurou nos braços.

A respiração dela sumiu; ficou novamente sem saber como agir. Os braços dele embaixo de suas mãos eram fortes, ela tentou desfazer o estado mole do seu corpo diante dele.

– Acho que precisa de óculos novos – disse ele, com o rosto perto do dela.

– É verdade. – Ela estava totalmente nervosa, ajeitando-se.

– Está com o rosto bonito. Deu certo – ele sorriu.

– Você é um anjo.

Saíram dali e foram caminhando em silêncio.

O coração de Brenda procurava a batida correta. Não conseguia compreender por que seus atos estavam tão diferentes perto do melhor amigo.

Chegando na esquina de casa, Brenda parou.

– Até aqui está bom, Nando. Não quero que meu pai o veja, pelo menos por enquanto.

– Se precisar de mim, ligue.

– Pode deixar.

Fernando expirou, enfiou a mão no bolso da calça e empurrou com a outra os cabelos para trás. Buscou o ar e encheu os pulmões de coragem.

– Me responde uma coisa?

– Claro, pode falar.

– É o Matheus mesmo que você deseja? – Ele prendeu a respiração, esperando a resposta.

– Por que a pergunta? Não quero te entristecer.

– Me responde?

Ficou confusa; não sabia se, ao certo, era aquilo que queria.

– É. Acho que sim.

Fernando sentiu o coração apertado, jamais pensou que doeria tanto aquela revelação.

– Me diz só mais uma coisa?

– Nando… – ela entristeceu-se.

– Não tenho nenhuma chance com você?

Ela se aproximou e estremeceu ao tocar o rosto dele.

– Amo você e não sei o que seria de mim sem a sua amizade.

– Pelo menos teremos para sempre isso.

– Não quero te magoar.

Brenda aproximou-se sem jeito e beijou o rosto do amigo. Sentiu o perfume que a fizera ir para um lugar totalmente novo. Afastou-se, e o olhar dele a procurou, filmando todo o seu rosto.

Estou apaixonado por você, garota, pensou ele, triste.

– Até amanhã.

– Até amanhã, Bê.

Ela o olhou enquanto caminhava e ficou triste por ser tão incompreensível. Sentiu-se uma completa idiota por não corresponder a um carinho tão absoluto como o de Fernando.

Por mais que Brenda quisesse pensar na mãe, escolheu não sonhar.

* * *

O pai ficou sem dirigir palavra a ela durante toda aquela semana e, nos poucos momentos em que se viram, não se falaram. Sua avó Matilde começou a reclamar de algumas dores no peito, andava preocupada demais com Brenda. Fez alguns exames e esperava os resultados.

Os óculos novos de Brenda ficaram prontos, e Gustavo fez com que Matheus os pagasse. Além disso, os pais de Gustavo finalmente chegaram de viagem e prepararam um grande jantar para conhecer os famosos amigos do filho. Fernando foi convidado também.

Era sábado à noite. Fernando passou na casa de Megan e Brenda estava lá. Ele as levou de ônibus para a casa de Gustavo. O rapaz não via a hora de tirar a carteira de motorista para usar o carro do pai ou, quem sabe, comprar o próprio automóvel.

Chegaram à casa de Gustavo e viram uma pequena agitação. Uma música alegre saía do ambiente, as luzes estavam acesas e a animação se via de longe. Tocaram o interfone e entraram.

No interior da casa, Gustavo veio com alegria cumprimentá-los.

– Estou ansiosa para conhecer seus pais, Gu! – disse Megan, animada.

– Não sabia que estava ansiosa para conhecer sua sogra!

Os quatro riram.

– Sem graça! – Megan bateu no braço dele.

Seus pais apareceram na sala.

Brenda sorriu ao ver aquela senhora tão simpática e aparentemente nova brincando com eles. Eles eram altos como Gustavo. Tereza era branca e tinha os cabelos muito bem tratados e escovados, caídos nos ombros. Roberto era um senhor de quase cinquenta anos, tinha os cabelos ralos e brancos.

– Bem, pessoal, estes são meus pais, Tereza e Roberto.

– Boa noite, meninos – disse Roberto.

– Mãe, pai, esses são meus amigos. Essa aqui, mãe, é sua futura nora.

Megan corou, e a mãe dele fechou a expressão, preocupada.

– Seu filho adora falar gracinhas! – defendeu-se Megan.

– Se for você mesma, querida, é uma moça muito bonita.

Tereza cumprimentou Fernando e olhou para Brenda.

– Como você é bonita – disse ela, com carinho.

– Obrigada, senhora, fico feliz quando alguém percebe coisas meio que invisíveis – Brenda forçou um sorriso.

– Ah, sim, você é a Brenda que não se acha bonita. Concordo com meu filho que é uma garota linda e simpática e que combina perfeitamente com seu belo namorado.

Brenda ficou sem graça e Fernando sorriu, gostando do comentário.

– Não somos namorados – defendeu-se Brenda.

– Por enquanto, mãe – disse Gustavo. – Mas vão acabar sendo, assim como Megan e eu.

Ele beijou o rosto de Megan com força e ela o empurrou.

A pequena recepção foi animada, eles conversaram, riram e foram para a mesa de jantar.

Os pais de Gustavo fizeram muitas perguntas aos amigos do filho.

Roberto fez questão de levá-los embora assim que terminou a comemoração. Fernando foi na frente com Roberto, mostrando o caminho.

Pelo retrovisor, Fernando não pôde deixar de olhar Brenda, que estava sentada no banco de trás, sorrindo com Megan. Achava-a bonita e se sentia bem quando ela estava por perto. Por último, Roberto deixou Fernando em casa.

capítulo 7

Minha linda Butterfly

BRENDA ESTAVA INDO PARA CASA depois de mais uma tarde de estudos com os amigos. O sol deu lugar ao crepúsculo. Ela inspirou fundo aquela brisa e lembrou-se de Fernando. Olhou para a frente da sua casa e foi levada a recordar aquela inesquecível noite. Sem dúvidas, amava o amigo. Amigo? Precisava decidir sua vida, tudo estava confuso, complicado, estranho demais.

Caminhou mais devagar e foi tirada daqueles pensamentos com uma buzina de carro. Seu peito inflou quando viu que era Fernando no carro do irmão dele.

– Nando? – ela andou mais depressa, ao encontro dele. – O que está fazendo aqui?

– Lembra que eu disse que tinha algo para te dar?

– Claro que lembro, mas fez tanto mistério! O que é?

– Tome.

Ele tirou do bolso uma pequena caixinha embrulhada em papel de presente laminado.

– Sei que seu pai está chegando e não quero vê-lo tão cedo. Vim escondido aqui, rápido, com o carro do meu irmão. Espero que goste, o Gustavo me ajudou.

– O que é?

– Depois quero ver como ficou, eu ligo para saber!

– Espera aí, Nando! – Ela segurou o braço dele com força.

– Abre, então! – ele riu.

Brenda abriu apressada e um enorme sorriso surgiu em seu rosto quando viu que eram lentes de contato. Ficou sem saber o que dizer.

– Aí dentro da caixinha também tem um bilhete que escrevi. Depois leia.

– Nando! Ficou doido? Como fizeram isso?

– Com sua receita dos óculos. Gustavo pegou e eu me encarreguei do resto. A verdade é que eu não quero em você nada do que o idiota tenha colocado – ele respondeu. Ela soltou uma risada e pulou no pescoço dele.

– Obrigada! Adorei! Mas, como se usa isso?

– Mandei fazer na mesma ótica dos seus óculos. Se tiver alguma dúvida é só ir lá. Mas não tem mistério! Se não sabe, meu irmão usa... É só colocar.

– Não sei o que dizer!

– Pode dizer que sou o máximo.

– Você é o má-xi-mo!

– Amanhã quero te ver sem óculos. Adoraria ser o primeiro a ver. Mas, se não puder, tudo bem.

– Ai, Nando... – disse ela, emocionada. – Estou tão feliz!

Ela ficou olhando a caixinha.

– Amanhã te vejo, Estrelinha.

Ao ouvir a última palavra, olhou depressa para ele. Ele sorriu, piscou um dos olhos e voltou depressa para o carro.

– *Thank you* – falou sem emitir som, depois cerrou os lábios.

Correu depressa para dentro de casa e mostrou euforicamente o presente para a avó. Jogou a mochila em cima da cama, tirou a segunda caixinha com as lentes e olhou dentro da caixa, procurando o bilhete. Era azul, o que a fez rir. Havia borboletas cuidadosamente desenhadas e pintadas ao redor; ela se emocionou.

Oi, Estrelinha!

Exatamente seis pares de lentes, um ano. Como a ideia foi minha, você terá que me aturar todos os anos, pois prometo que a cada ano te darei um conjunto desses para que nunca mais precise usar aqueles óculos horrorosos que o idiota pagou (forçadamente, que eu sei).

Foi só uma tentativa de mostrar o quanto você é linda, garota, e que meu coração nunca duvidou disso.

Que elas te ajudem a ver melhor o brilho das estrelas e, quem sabe, meus olhos brilhando por você (sorry, saiu!)!

Estou curioso para te ver.

Mostre suas asas, minha linda Butterfly!

Um grande beijo,

Nando.

* * *

Brenda deu um beijo no bilhete e correu até o banheiro, lavou as mãos e leu rapidamente o pequeno manual que veio junto com as lentes. *Deve ser moleza!*

Realmente foi, e logo se viu pela primeira vez sem as lentes dos óculos. Ficou encantada!

Pôde observar sua pele, estava realmente reluzente e sem espinhas ou cravos. Sorriu e chorou. Agradeceu a Deus pelo amigo especial que tinha em sua vida, era um privilégio que carregaria para sempre.

Depois de um longo momento se olhando, foi correndo e mostrou à avó. Matilde se alegrou.

O pai entrou pela porta da cozinha naquele instante. Olhou a filha e deu um seco boa-noite. Nada poderia estragar a noite mágica de Brenda. Ela subiu depressa para o quarto e ficou se admirando no espelho.

Correu até o computador e entrou no Skype. Gustavo e Megan estavam online. Queria ligar e contar a eles, mas, como sempre, não tinha créditos.

Mandou vários *emoticons* para Gustavo, agradecendo. Megan retribuía, mandando carinhas felizes e saltitantes.

Gutz diz:
Precisa agradecer ao Nando, a ideia foi dele!

Butterfly diz:
Eu sei! Já agradeci, mas vou agradecer amanhã de novo! Estou explodindo de alegria!!! =D

Gutz diz:
Devia era dar uma chance pra ele!!!!

Butterfly diz:
Não enche, Gu!

Meg diz:
Concordo com o Gu!!! \o/

Butterfly diz:
Cala a boca, Meg! Tá toda errada! E vc que fica enrolando o pobre do Gu?!

Gutz diz:

Isso, Bê!!!

Meg diz:

Vou dormir, sabe? Devia era observar o óbvio!!! #PRONTOFALEI

Butterfly diz:

Olha quem fala! Por que não fica com o Gu? Fica dando onda para aquele Renato antipático… Já te contei tudo que vi na casa do Nando! Ele é um cavalo, arrogante, metido, exibido, nojento! Quer mais?

Meg diz:

Vamos encerrar, valeu? Vou dormir! Mas, agora que reparei, por que colocou Butterfly no seu nome?

Butterfly diz:

Nando me chamou assim, gostei do nome e vc sabe que eu adoro borboletas.

Meg diz:

Gosta? Nunca mencionou… Ah, tá bom… já sei! São coisas que somente o Nando sabe, tipo conversas secretas, rsrs. vc sabia disso Gu?!

Gutz diz:

Sabia não, gata!! ashuaashuashuau isso é particular deles haha =)

Butterfly diz:

Quer saber?! Vou dormir! Engraçadinhos! Bjs pessoal! Agradeço de novo Gu!!! Te amo!!!! FUI!

Meg diz:

E eu?!! Não me ama?!! Snif =(

Gutz diz:

Eu te amo gata!!!

Butterfly diz:

Sabe que eu te amo, boba!!! TE AMOOOOOOO! Tá bom assim?

Meg diz:

Agora, sim rs #suspiros

Butterfly diz:

Fui!

Fechou a janela e desligou o computador.

Estava feliz, muito feliz. Tirou as lentes e dormiu com um leve sorriso nos lábios.

Acordou animada e logo depois de tomar banho colocou as lentes de contato. Estava satisfeita com a nova vida.

Chegou à escola e, de longe, inquietou-se. Viu Fernando, que estava na entrada, com a mochila nas costas e as mãos nos bolsos do casaco. Não duvidou que ele estava a esperando. Brenda atrasou os passos e sorriu para o amigo. Ele desencostou-se da parede e tirou as mãos dos bolsos, ficou orgulhoso e fixo no que estava vendo, ela estava linda. Esperaria toda a manhã só para ver a cena que contemplava naquela hora. Aproximou-se dela com um sorriso.

– Acertei em cheio – disse ele, feliz.

– Adorei o que fez.

– Ficou linda, como imaginei – ele mordeu o lábio e levantou o rosto dela pelo queixo. Sentiu muita vontade de beijá-la.

– Obrigada de todo o coração.

– Sempre soube que seus olhos eram cor de mel.

– Os óculos escondiam tantas coisas, não é? – sorriu.

– Mas não escondem mais.

Megan e Gustavo os viram de longe e vieram andando rápido. Comemoraram com Brenda.

Brenda sorria com eles e percebeu que Fernando foi se afastando de costas, mordendo o lábio. Estava se sentindo vitorioso por ver a amiga tão feliz e delicadamente linda.

Todos notaram a diferença na menina, e ela sentiu-se um pouco parecida com o que era no sonho. Agradeceu durante muitos dias por Fernando ter agido com tanto carinho.

As provas do vestibular passaram, e os quatro estavam felizes por terem ido bem; comemorariam as notas e o resultado oficial quando saísse.

* * *

Vovó Matilde não andava muito bem, seus exames revelaram colesterol alto e a pressão estava oscilando, sem se estabilizar. Passou mal em uma tarde, e Brenda ligou para Fernando, que prontamente apareceu no carro do irmão, levando Matilde às pressas para o hospital.

Brenda agradeceu a Deus por sua avó ter o bendito plano de saúde.

Matilde ficou internada por alguns dias, a pressão não estava sendo controlada. Depois de quatro dias de internação, seu sofrido coração não aguentou mais continuar batendo. Naquele fim de tarde de quinta-feira, a amada avó faleceu.

O mundo tão desajustado de Brenda ficou ainda menor. Não tinha ninguém mais, só sobrara ela. Não sabia para onde ir ou o que fazer.

Murilo parecia triste com a morte da mãe, mas fez tudo em silêncio, sem demonstrar claramente o que sentia. Saiu do hospital dizendo que iria resolver assuntos do velório, mas antes foi para um restaurante perto dali e bebeu uma dose forte de um uísque de quinta categoria.

Naquele enorme desespero que se apossou do coração de Brenda, ela desmaiou.

Fernando, aflito e preocupado, levou Brenda para sua casa depois de ter sido medicada. A mãe dele, ao ver o filho entrando pela porta da sala com a moça estonteada, reclamou. Fernando não se importou, levou-a para o quarto e a colocou sobre a cama. Sua mãe entrou pela porta, aflita.

– O que essa menina está fazendo aqui, Fernando? Me diga! – sussurrou para o filho.

– Mãe, Brenda desmaiou porque a avó dela acabou de falecer.

– Ai, meu Deus! – Helena colocou as mãos na boca. – Mas você devia deixá-la no hospital com o pai.

– Mãe, Brenda não tem mais ninguém, apenas a avó e o pai. Ele está resolvendo as coisas do velório. Ela só tem a nós agora, os amigos.

– O que pretende fazer?

– Ajudá-la. Não podia deixá-la naquela zona.

– Quando vai ser o velório?

– Amanhã pela manhã.

– Já ligou para o pai dela?

– Gustavo vai avisar.

– Fernando, foi você quem resolveu trazer essa menina aqui, então você é quem vai ligar para o pai dela. Ele sabe que ela está aqui?

– Tudo bem. Vou ligar, mãe. Agora saia, por favor.

Fernando conduziu a mãe até a porta e fechou-a.

Foi até Brenda e percebeu que ela havia apagado devido aos medicamentos. Tirou os cabelos que estavam no rosto da menina. Pegou um cobertor no guarda-roupa e a cobriu. Não resistiu e beijou seu rosto com carinho.

Precisava ligar para Murilo e dizer que Brenda estava bem e na casa dele. Não tinha o número de celular daquele desgraçado, pensou com raiva, passando a mão no cabelo.

Ligou para Gustavo e ele também não tinha, muito menos Megan.

O celular de Brenda!

Ficou olhando para ela. Ele não queria fazer aquilo, mas a virou de lado e olhou no bolso de trás da calça, onde ela sempre guardava o celular. Não pôde deixar de notar o quadril perfeito que ela tinha, mas balançou novamente a cabeça, negando – não era hora de pensar naquilo. Cobriu-a de volta.

– Tenho certeza de que a vi com celular – sussurrou, olhando pelo chão do quarto. Precisava dar um jeito nele antes de Brenda acordar. Estava muito bagunçado e com roupas espalhadas.

Discou o número dela para tentar ouvir algum som da campainha do aparelho. Afastou seu celular do ouvido e sorriu ao ouvir o toque que ela pusera para ele. Havia caído entre as roupas espalhadas pelo chão. Olhou o identificador e estava escrito: "Meu Nando". Ele sorriu ao ouvir a voz de Colbie Caillat na música "You Got Me". Olhou para ela e ajoelhou-se ao lado da cama. O toque caiu e ele ligou de novo para se certificar de que ela poderia estar dizendo aquelas palavras para ele.

You're stuck on me and my laughing eyes
I can't pretend though I try to hide
I like you, I like you

I think I felt my heart skip a beat
I'm standing here and I can hardly breathe
you got me, yeah, you got me

The way you take my hand is just so sweet
And that crooked smile of yours, it knocks me off my feet[1]

Sorriu para si mesmo e sentiu alegria. Não pôde deixar de, novamente, desejá-la e sentir grande compaixão por todo o seu estado.

Ficou de plantão esperando que ela acordasse. Recusou-se a comer e a sair de perto dela. Gustavo e Megan ligaram e ele sorriu novamente, concluindo que cada um tinha um toque musical diferente. Esqueceu-se totalmente de ligar para Murilo.

* * *

Perto das onze da noite, ela mexeu-se e acordou. Ainda tonta, tentou reconhecer onde estava. Sentiu seu interior sendo despedaçado quando se lembrou de Matilde.

Ao olhar o rosto de Fernando, ela o abraçou com força e chorou profundamente.

– Um dia isso tudo vai passar, minha Estrelinha.

– Eu não tenho mais ninguém, Nando! – chorou amargamente.

– Você tem a mim, Bê, tem seus amigos que a amam. Não vou te deixar sozinha!

Sentiu compaixão por ela, queria defendê-la do mal e nunca mais deixá-la sozinha. Seu coração estava triste por não poder fazer nada que amenizasse o sofrimento da sua bela borboleta.

---

1 Você está preso em mim e em meus olhos risonhos
Eu não posso fingir, embora eu tente esconder
Eu gosto de você, eu gosto de você

Eu acho que eu senti meu coração pular uma batida
Eu permaneço aqui e mal posso respirar
Você me tem, você me tem

O jeito que você segura a minha mão é simplesmente tão doce
E aquele seu sorriso torto quebra as minhas pernas.

Encostou-se na cabeceira da cama, e ela deitou a cabeça sobre seu peito. Chorou por um longo tempo nos braços de Fernando.

Foi se acalmando, e Fernando conseguiu fazer com que ela comesse algumas colheres de sopa. Gustavo e Megan apareceram com suas roupas e produtos de higiene pessoal.

Naquela noite, todos eles dormiram ou apenas tentaram descansar no quarto de Fernando. Megan e Brenda dormiram juntas na cama dele.

A menina não conseguiu dormir e revirou-se a noite toda. Megan ia chamar Fernando, mas ele já estava sentado observando Brenda. Desceu para a cozinha, preparou um suco e misturou um calmante de sua mãe, pois a amiga precisava descansar.

Às sete da manhã, levantaram-se e foram para o velório. Havia poucas pessoas lá, e Murilo ficou em silêncio o tempo todo. Brenda precisou ser amparada pelos amigos até o fim. No final, os pais de Megan a levaram para a casa deles. Brenda ficaria uma temporada na casa da amiga, pelo menos até a tempestade passar.

Completou-se um mês e Brenda ainda relutava; não queria mais voltar para casa. Os pais de Megan garantiram que ela poderia ficar quanto tempo quisesse, mas precisava decidir sua vida.

Aproximavam-se as provas finais do vestibular. Brenda se dedicou ao máximo, queria passar, como havia prometido à avó Matilde, embora tivesse tomado a decisão de fazer faculdade fora do país. Seus amigos tentaram argumentar contra essa ideia, mas, depois da perda da avó, não aguentaria aturar os desaforos do pai. Ficou aquele tempo todo sem sonhar, mal tinha coragem para sustentar a realidade, não precisava ter mais uma para roubar suas forças.

* * *

Era início de novembro, uma segunda-feira, quando Matheus aproximou-se de Brenda na porta da escola. A menina ficou nervosa, mas conseguiu conversar naturalmente com ele.

– Oi, Brenda – disse ele, sorrindo.

– Oi.

– Vejo que se eu não tivesse pagado seus óculos, não teria se desfeito deles.

Ela forçou um sorriso.

– Não é isso, é que eu uso lentes de contato agora.

– Ficou melhor, bem melhor – ele riu. – Sinto muito pela sua vó.

– Tudo bem.

– A gente se fala.

Matheus sorriu e deixou a menina sem ação.

Feliz, olhou ao redor procurando Megan, mas não a achou. O que Brenda não viu foi que Fernando estava encostado em uma das pilastras do prédio, olhando o sorriso da amiga depois de ter falado com Matheus. Suspirou triste e, mesmo ferido, decidiu passar por cima da própria vontade e ajudá-la. Ela andava triste, precisava de uma alegria daquelas.

No intervalo, Brenda olhou Fernando conversando com os amigos e correu até ele.

– Oi, pessoal! – disse ela, animada. – Nando, preciso falar com você! – puxou-o pelo braço, tirando-o de perto dos amigos. – Quero te contar uma novidade!

Ele já sabia do que se tratava e tentou mostrar alegria em vez de ciúmes e insatisfação.

– Me conta? – forçou uma pequena alegria.

– Depois que me livrei dos óculos, me sinto mais segura quanto à minha aparência.

– Isso realmente me deixa feliz, Brenda.

– Quero te agradecer de novo por isso! Você é um anjo na minha vida! – ela o abraçou com força e beijou seu rosto. – Só queria dizer isso! Até depois!

Brenda afastou-se e Fernando cerrou os lábios.

– Acho que meu plano idiota para ser esquecido está quase completo.

Naquela tarde, a mãe de Gustavo chamou Brenda para passear no shopping junto com Megan. Deu roupas novas de presente para as meninas. Nunca tivera um dia tão feliz, com compras, lanches e cinema. De repente, pararam diante de um salão de beleza.

– Estão prontas para o desafio? – perguntou Tereza, triunfante.

– É claro que sim! – disse Megan, animada.

– Não sei, não – retrucou Brenda.

– Cala a boca! E venha logo! – Megan puxou a amiga para dentro do salão.

Um atendente animado veio e começou a mexer nos cabelos das meninas.

Megan optou por fazer luzes e uma escova de brilho. Brenda, receosa, aceitou a opinião de Tereza e clareou as pontas dos cabelos, fez reconstrução dos fios e resolveu fazer escova progressiva.

No fim do dia, depois de cinco horas no salão, as meninas se viram finalmente no espelho. Com dois gritinhos estridentes, as amigas ficaram emocionadas com os novos looks.

Brenda era a mais incrédula; olhou novamente no espelho para se certificar de que era realmente ela. Lembrou-se do seu sonho, e estava bem parecida com a imagem do mundo imaginário. Como nunca havia pensando naquilo? Sempre foi ela, só precisava de uma forcinha vinda de alguém que ela estava aprendendo a amar e muito: a mãe de Gustavo.

Estava linda, jamais se sentira assim em toda a vida.

* * *

No outro dia, Brenda foi animada para a escola. Estava feliz e confiante, seus cabelos balançavam contra o vento e o sol contrastava sua definitiva beleza.

Logo na chegada da escola, alguns alunos mexeram com ela, e ela sorriu, devia estar fascinante.

– Meu Deus! Mas quem é essa? – disse Gustavo ao se encontrar com ela na frente da escola.

– E aí, maninho? Gostou?

– A velha arrasou! Você está linda!

– Sua mãe foi demais, Gu! Já viu a Megan?

– Ainda não, mas estou curioso! Se ficou linda como você, vai me causar um infarto!

Enquanto riam, olharam para o lado de que Megan costumava vir e a viram surgir, com luzes nos cabelos, que estavam lisos e soltos. Ela desfilava.

– Eu amo essa garota – disse Gustavo sorrindo, indo em direção a ela.

Brenda viu Gustavo sorrindo com Megan, ele a paquerava com todos seus argumentos.

Virou-se e, quando levantou o rosto, deu de cara com Fernando, que estava caminhando para entrar na escola. Ao ver Brenda, diminuiu os passos e parou, seu olhar certeiro no dela. Ficou com a respiração presa, olhou seu rosto, seus cabelos. Ela era linda demais, e o coração dele bateu fora do ritmo.

Brenda ficou totalmente sem jeito, seu coração apressou-se, como se batesse forte para dizer a ela que era ele. Ela não compreendeu a reação do seu interior.

Segurou as pontas dos dedos, nervosa, e ouviu o sinal do início da aula.

Fernando não se moveu, estava impressionado com a garota mais linda que já tinha visto na vida. Seu rosto tinha traços marcantes, os cabelos jogados contra o vento, a linha fina que se formou da sua franja jogada de lado, dividindo o rosto dela em um cenário magnífico. Ele teria que olhar de perto, precisava decorar seus novos traços carregados de beleza. Desenhá-los seria uma excelente opção, pensou, rindo por dentro.

Brenda, incomodada, deu alguns passos para perto dele.

O vento bagunçou seu cabelo, ela sorriu e os colocou de lado de novo. Fernando sentiu o peito ficar quente diante daquela cena tão inusitada.

– Oi, Nando.

– Oi – disse ele, sem fôlego.

– Gostou? – perguntou, envergonhada.

Ele deu um sorriso de canto e pegou as pontas de uma das mechas dos cabelos dela.

– Sempre soube que você era uma linda borboleta.

Brenda perdeu o fôlego.

– Então gostou?

– Está linda, Bê. A garota mais linda que já vi na vida.

– Não exagera – deu um sorriso forçado, enquanto Fernando permanecia sério, encarando seus olhos.

– Adorei. Vou precisar de muitos dias para me convencer de que a garota mais linda da escola é minha melhor amiga.

Ela sorriu. Olhou para o lado e viu Gustavo e Megan se beijando.

– Não acredito, Nando! Olha! Eles finalmente se acertaram – disse Brenda.

– Algumas pessoas percebem rápido o que é evidente.

Brenda disfarçou.

– Vamos entrar? – sugeriu.

– Vamos – ele concordou.

Caminharam alguns passos em silêncio.

– Nando?

– Oi – disse ele, com as mãos nos bolsos da calça jeans.

– Obrigada por tudo que fez por mim.

– Não precisa agradecer.

– É claro que preciso, obrigada. – Ela beijou o rosto dele. – Tereza me disse que a ideia foi sua.

– Então, ela não guardou segredo – concluiu ele.

– Não guardou... Eu amei, tinha que ser você mesmo. Obrigada.

De novo, Brenda beijou o rosto dele e, quando ela se afastou, ele a olhou nos olhos.

Fernando afastou a franja dela que caía no rosto. Cerrou os lábios e aproximou-se devagar, beijando o canto do rosto da menina. Brenda fechou os olhos e seu coração agitou-se, impaciente. Ele deu uns passos de costas.

Brenda foi para a sala. Gustavo e Megan chegaram atrasados, de mãos dadas. Todos assoviaram, e o professor mandou que eles parassem de algazarra. Megan sorria feliz, com Gustavo a paquerando o resto da aula.

No intervalo, só não ficaram juntos porque Gustavo precisava pegar um documento na secretaria. Brenda e Megan sentaram-se à mesa da lanchonete, enquanto comiam biscoitos e bebiam refrigerantes. Brenda parou de comer quando viu Matheus a encarando.

– Me belisca, Megan, mas acho que o Matheus está vindo aqui falar comigo!

– Também, linda como você está, ele que seria uma besta se não viesse!

– Ai, ele é lindo!

Matheus aproximou-se e parou ao lado da mesa. Cumprimentou as duas com um oi simpático, e Brenda respondeu, nervosa.

– Gostei do seu novo visual – disse ele.

– Ficou legal.

– Está show de bola!

Brenda ficou sem jeito com a resposta dele e olhou para Megan, que sorria satisfeita.

– Queria saber se, por acaso, você não gostaria de... sair comigo?

Brenda voltou de novo a atenção para Matheus e ficou sem saber o que responder.

– É claro que ela aceita, Matheus! – disse Megan, fazendo careta para a amiga sair do delíquio.

Matheus olhou rápido para Megan, que deu um sorrisinho, disfarçando, e voltou a fazer careta para a amiga.

– E aí? – perguntou Matheus.

– Sério mesmo? – perguntou Brenda, incrédula.

Megan jogou a cabeça para trás, não acreditando na fala da amiga.

– Sério. Por que não seria?

– É que...

Megan cutucou a amiga por debaixo da mesa.

– É, eu posso sim.

– Beleza! Passo na sua casa sábado às sete, ok?

– Claro, claro que sim.

– Depois pego seu endereço.

Matheus mordeu o lábio.

– Diz que eu pirei? – sussurrou Brenda enquanto Matheus se afastava.

Matheus piscou um dos olhos para Brenda e sorriu, indo em direção aos amigos. Elas comemoraram, estava radiante por aquele convite.

Na saída, novamente encontrou-se com Fernando. Foi até ele.

– E aí, fez muito sucesso? – perguntou ele, com um pequeno sorriso.

– Um pouco. Será que sábado podemos continuar nossa aula de desenho? – perguntou ela, sem o encarar nos olhos.

– Podemos, sim.

– Tudo bem, vou na sua casa à tarde, ok?

– Claro, eu te espero no horário de sempre.

– Nando?

– Quando me chama assim, é que vai dizer algo de que não vou gostar... Mas vá lá, diga.

– O Matheus... Ele me chamou para... sair com ele.

Fernando engoliu em seco, sentiu o ciúme esmagar o peito.

– Finalmente o idiota percebeu a pessoa linda que você sempre foi.

– O que acha?

– Acho que deve fazer o que sempre sonhou. Sempre quis isso, então faça.

O coração dele estava apertado e totalmente irritado por aquele fato.

– Depois conversamos mais – disse Brenda.

Fernando ficou olhando Brenda sair de perto dele.

Não muito distante dali, Lilian e Melissa olhavam a cena. Lilian mordeu os lábios maquiavelicamente.

– Isso não vai ficar assim – disse ela.

O sábado do encontro chegou. Brenda ainda estava na casa da amiga, mas ainda dava satisfação ao pai, por telefone, de tudo que fazia.

Não foi para a aula de desenho com Fernando. Ela estava se sentindo estranha, não sabia ao certo se queria viver tudo aquilo que sonhara com Matheus. Sentiu um estranho vazio. Tinha pensado que seu maior desejo realizado lhe traria muito mais do que estava sentindo.

Matheus a pegou na casa de Megan com o carro do pai. Novamente, ele elogiou a menina e a levou ao cinema. Andaram sem dar as mãos e foram para a fila da pipoca. Matheus mexia despreocupadamente no celular. Brenda olhava desinteressada para as promoções de combos com pipoca e refrigerante. Virou o corpo e olhou para a frente. Congelou.

Não podia ser verdade o que estava vendo: Fernando apareceu na mesma fila com uma garota, Melissa, uma das antipáticas amigas de Lilian. A menina o abraçava e tentava atrair sua atenção. Ele não queria estar ali, estava irritado com a insistência de Melissa em querer atenção em todos os momentos.

Os músculos de Brenda enrijeceram, seu maxilar doía de tanto apertar os dentes. Estava estática, não conseguiu mais respirar normalmente, não podia ser verdade, não era real aquilo!

O que está acontecendo? Isto é um pesadelo! Não pode ser real, não, não, não! O que essa nojenta está fazendo com meu amigo? Por que ele não me disse? Ela é uma nojenta!

O estômago estava revirado, o coração parecia que pesava uma tonelada, o peito doía como nunca doeu. Não era real, claro que não era real! Sentiu pavor e uma louca vontade de chorar.

A fila andou, e Brenda continuou no mesmo lugar. Matheus ainda estava parado no caixa, escolhendo o combo que levaria para o cinema. Melissa segurou o rosto de Fernando com as duas mãos e o fez olhar para ela. Ele tirou a mão da menina do rosto dele e a fez dar alguns passos na fila. Ao erguer a cabeça, deu de cara com Brenda. Prendeu a respiração. Cerrou os lábios e não percebeu que deixou a menina para trás.

– Oi, Bê – disse ele, intimidado. – Não sabia que viria aqui.

– Oi, Fernando – saiu amargo.

– Queria ter te contado hoje, mas você não apareceu.

– Está namorando essa nojenta, Fernando? – Brenda sussurrou, entredentes.

– Claro que não, ela apenas me convidou para sair.

Melissa aproximou-se, com cara de desprezo, e apoiou-se no ombro dele.

Matheus trouxe a pipoca e o refrigerante. Brenda pegou a pipoca sem desviar o olhar de Fernando. Matheus deu um leve aceno com a cabeça para o casal, puxando Brenda pela cintura. Ela afastou-se, encarando o amigo nos olhos. Fernando trincou os dentes e tentou respirar.

Caminhando para a sala de exibição, Brenda sentiu o peito apertado, ficou mal, muito mal, e não conseguiu prestar atenção no filme. Desvencilhou-se de todas as tentativas de Matheus de tentar beijá-la. A imagem do seu melhor amigo fixou-se na sua mente. Não via a hora de ir embora dali.

O filme acabou, e ela recusou-se a lanchar. Queria ir para casa.

Na porta da casa de Megan, ela despediu-se de Matheus e, quando ela ia sair, ele travou a porta do carro.

– Que é isso, gatinha? Me evitando desse jeito... Nem um beijinho? – disse ele, tocando o rosto dela.

– Está tarde, Matheus.

– E o que é que tem?

Ele era lindo, ela tinha que admitir. Não resistiu quando ele cheirou seu pescoço, o perfume dele era muito bom, e eles se beijaram.

Brenda forçou os olhos a ficarem fechados e lutou contra sua mente para não se lembrar do seu último beijo. Era Matheus ali, não Fernando. Mas a lembrança daquela noite foi mais forte, e o rosto de Fernando veio em sua mente. Logo percebeu que não era ele, quando a mão de Matheus deslizou por sua perna e ela a tirou rapidamente. Na segunda tentativa, ela o afastou.

– Para, Matheus!

– O que foi? Pensei que me queria.

– Não quero isso agora.

– Todas querem.

– Não sou todas.

Tentou destravar a porta, e Matheus ficou decepcionado.

– Fica comigo hoje?

– Do que exatamente você está falando?

– Sabe do que eu estou falando.

– Não estou pronta para isso – disse, sentindo o rosto corar.

– Vou deixar você pensar.

– Não sei, Matheus. Saímos hoje pela primeira vez e nem somos namorados.

– Não seja por isso: quer namorar comigo?

Ficou surpresa, não podia acreditar que o cara mais popular da escola queria namorar com ela e entregar-se a ela por completo. Fechou os olhos com força. Era verdade, não era um sonho.

– Me deixa pensar?

– Em tudo? Namora comigo? Quanto ao outro assunto, eu te deixo pensar.

Eles se beijaram de novo.

– Vou considerar que esse beijo é um sim.

Brenda desceu do carro.

Não conseguiu sentir a alegria que jurava que ia encontrar em Matheus. Novamente, sentiu um peso esmagando seu coração quando se lembrou de Fernando. Então, chorou.

Passou pela sala de Megan e ficou feliz em vê-la namorando com Gustavo. Foi para o quarto da amiga e jogou-se na cama, derrotada.

Custou a dormir. Ouviu um bip de mensagem no celular e sentiu os olhos queimando para chorar de novo quando viu que era de Fernando.

`Estrelinha, não queria que fosse assim, me desculpa. Não quis te magoar. Sorry =/`

Abraçou o travesseiro e chorou. A realidade não podia ser tão dura.

* * *

Fernando ligou para ela no outro dia, mas ela não atendeu.

Naquele mesmo instante em que o rapaz jogava o celular sobre a cama, em um lugar distante, outro celular tocava sobre uma escrivaninha, em cima de alguns cadernos.

– Como foi? – perguntou Lilian, entusiasmada.

– Conseguimos! A feiosa ficou branca como papel quando me viu com Fernando! Sabia que ela gostava dele, mas não que morreria de ciúmes!

– *Yes*! E como foi depois?

– Não rola. Fernando gosta daquela desengonçada, não consegui nem beijá-lo e tomei um toco! O importante é que nos vingamos por ela ter ficado com o Matheus!

– Te devo uma, Mel!

– Coloca na conta!

Elas gargalharam por um bom tempo, enquanto Melissa contava os detalhes da cena.

* * *

Ao chegar na escola na segunda-feira, Fernando a esperava na entrada e logo a segurou pelo braço, quando percebeu que ela não falaria com ele.

– Brenda, por que está chateada comigo? Eu ia contar, juro que ia!

– Não tenho nada a ver com sua vida!

– Pensei que se importava com o que faço.

– Podia ter me dito!

– Ia dizer no sábado, mas você não foi lá em casa. Brenda! Não fica chateada comigo...

– Logo aquela exibida? Odeio aquela garota! E você sempre soube disso!

– Por que está assim? É ciúme?

Brenda suspirou fundo para responder, mas não viu Matheus chegando ao seu lado. Ele logo colocou a mão na cintura dela, puxando-a para um beijo.

Fernando trincou os dentes e fechou o punho. Saiu de perto e foi direto ao banheiro. Lavou o rosto e deu alguns chutes na porta, para descontar o que sentia.

Não mais se meteria na vida da amiga, ela sabia o que estava fazendo.

capítulo 8

Não era para ser assim

FERNANDO RESOLVEU ACEITAR AS INVESTIDAS de uma menina da turma. Aceitou, mesmo contra a vontade, porque queria não pensar na amiga. Brenda sentiu-se ofendida e resolveu assumir Matheus. Para ambos, era um momento de martírio, e resolveram ficar longe dos lugares costumeiros.

Era uma quinta-feira; Brenda chegou na escola e não se desviou de Fernando.

– Oi – ela falou de forma tímida.

Brenda não olhou nos olhos dele, eram lindos, e ela não se deixaria ser dominada. Sentia-se traída por ele; não queria admitir que odiou o que ele fizera na noite do cinema.

– Oi – disse ele, triste. – Você não vai mais falar comigo?

– Não tenho o que falar – a voz dela embargou.

– Por que está agindo assim, Brenda? Não entendo. Saí com Melissa porque ela precisava de ajuda. Aliás, achei que ela precisava de ajuda. Enfim, por que ficou tão chateada?

Ela ficou em silêncio. Fernando passou a mão nos cabelos e suspirou fundo.

– Será que podemos continuar sendo amigos?

– Tudo bem – ela sentia vontade de chorar. – Como anda o namoro? – estava curiosa para saber.

– Vai indo.

Silêncio.

– Já decidiu o que fará depois do resultado do vestibular? – perguntou ele.

– Na verdade, eu não preciso esperar o resultado, vou estudar fora.

– Tem certeza? – perguntou, aflito.

– Não tenho mais nada aqui, vai ser o melhor.

Aquela certeza pesou no coração de ambos.

– Preciso ir – disse ela.

– Tem certeza da sua decisão?

– Tenho, já decidi.

– E o namoro?

– Não é nada que me prenda.

Ela foi andando em direção à sala de aula, totalmente desolada. Matheus ligou para o seu celular, ela não atendeu.

* * *

Passou-se uma semana.

No domingo, Matheus disse que iria buscá-la para conhecer seus pais. Resolveu sair escondida de novo, não avisou os pais de Megan e muito menos o próprio pai, que jamais poderia saber daquele fato.

Matheus levou Brenda para conhecer sua casa. Ao chegarem, ela logo percebeu que estavam sozinhos.

– Cadê seus pais?

– Viajaram – ele segurou a cintura dela.

– O que está pensando? – perguntou, cismada.

– Esperei você pensar – ele cheirou o pescoço dela –, é o nosso dia.

– Não, Matheus, ainda não sei se é o momento certo.

Ele começou a seduzi-la. Era irresistível, os beijos eram carinhosos, e o medo de Brenda foi dando lugar a uma nova vontade. Matheus a conduziu até o quarto, e ela não conseguiu resistir aos beijos.

– Não é certo isso – disse ela, tentando afastá-lo.

– Sei que você me quer, gatinha – ele tirou a camisa, Brenda franziu o cenho. O corpo dele era diferente do corpo do seu sonho, ele não tinha o corpo esculpido, era magro, porém sem músculos.

Sua mente trouxe a lembrança de Fernando, do dia em que ele estava doente. Lembrou-se do seu sorriso encantador. Quando Brenda lembrou-se de que seu coração tinha sido traído e percebeu que era chegada a grande hora, ficou triste. Não era o momento ideal, e concluiu também que não era com o cara certo.

Esquivou-se de Matheus e foi em direção à porta.

– O que foi, Brenda? – perguntou ele, chateado.

– Não é a hora. Pelo menos, não sinto que seja.

– Não seja boba.

Ele aproximou-se dela novamente, e ela o empurrou.

– Para, Matheus, não é a hora! Não quero isso!

– Quero você.

– Se realmente sente algo por mim, irá me esperar.

Matheus não se deu por vencido; puxou Brenda com força, jogando-a em sua cama.

– O que está fazendo? Não quero isso!

– É claro que você me quer! Todas querem!

Ele apertava com força os braços da menina contra a cama e começou a forçar seu corpo contra o dela. Brenda começou a sentir o pavor resfriar seu corpo.

– Me larga! Não quero isso, seu estúpido! Está me machucando! Me larga!

– Claro que você me quer! Sempre me quis!

– Me larga, seu ridículo! Está me machucando! Vou gritar!

– Estamos sozinhos, pode gritar.

Era a hora de fazer valer as aulas de defesa pessoal que Gustavo vivia ensinando para ela e Megan. Deu uma tesoura com o seu braço direito, tirando os dele, e o joelho foi certeiro no meio das pernas.

– Que droga, garota! – ele saiu de cima dela e encolheu-se na cama, não suportando a dor.

– Sabe, Matheus. Não vou dizer ao Gustavo o que você fez, porque sei que ele seria capaz de deixá-lo pior do que está! Mas quero uma coisa: nunca mais fale comigo! Seu idiota estúpido!

Ela saiu revoltada e pegou a bolsa na sala. Foi andando pela rua deserta e atenta, esperando o ônibus. Na casa de Megan, contou para a amiga o que tinha acontecido. A menina ficou furiosa, mas Brenda fez de tudo para que ela prometesse que não diria a Gustavo nada do ocorrido.

* * *

Na segunda-feira, Brenda foi entrando pelos portões da escola, e alguns colegas de Matheus sussurraram algo. Ela ficou sem entender. Viu Matheus com uma menina; ele a ignorou, e Brenda fez o mesmo com ele.

– Idiota – sussurrou ela.

Foi para a sala. Na saída da aula, ouviu alguns burburinhos com seu nome e ficou inquieta, mas não queria encucar. Os amigos sugeriram que Brenda tinha que aceitar a companhia de um conhecido de Gustavo, para que, no baile, ela não aparecesse sozinha. No início ela reclamou, mas acabou aceitando a ideia.

O restante do dia foi um dos mais estranhos. Havia sussurros por alguns cantos com o nome de Brenda, e ela ainda achava ser pelo fato de ter terminado com Matheus. Descobriu o real fato quando, antes de tocar o sinal da última aula, Gustavo saiu sem dizer nada. Brenda e Megan se entreolharam e disfarçaram para sair da sala de aula.

Foram andando rápido em direção a uma grande algazarra do lado de fora da escola. As meninas espantaram-se ao verem Fernando surrando Matheus e Gustavo brigando com outro rapaz, amigo de Matheus.

– Meu Deus! O que aconteceu? – perguntou Megan, apavorada.

– Não faço ideia!

Correram, e Megan segurou Gustavo com força. Brenda segurou o braço de Fernando, Matheus tinha acabado de cair no chão, com o canto da boca sangrando.

– Nando, o que foi isso? – perguntou Brenda, nervosa.

– Isso aqui! – respondeu com raiva, pegando o braço dela. Irritado, levantou a manga do casaco que Brenda vestia, mostrando o punho ainda roxo pela força que Matheus usara no domingo contra ela.

– Quem te contou?

– Todos estão falando isso!

– O que estão dizendo? – perguntou Brenda, assustada.

– Esse desgraçado contou para a metade da escola que você dormiu com ele!

Brenda sentiu o sangue subir no rosto, ela mesma queria bater em Matheus. Ela foi em direção ao rapaz, mas Fernando a deteve.

– Como imaginei que não era verdade, fiz Megan contar o que tinha acontecido! – revelou Gustavo.

Brenda fechou a expressão e olhou para a amiga.

– Brenda, eu ia te dizer hoje, mas não achei a oportunidade! Não fique chateada comigo, mas fiquei possessa de ódio quando ouvi essas mentiras que ele estava espalhando!

– Olhe o que fez, Megan! Gustavo e Fernando entraram em uma briga porque você não sabe segurar sua língua! Que saco!

Brenda saiu pisando forte e bufando, Fernando segurou o braço dela com raiva.

– Não tem nada para dizer?

– Preciso dizer?

– Dormiu com esse otário?

– Me deixa em paz, Fernando!

Ele voltou para perto de Matheus e pegou a mochila com violência do chão. Matheus ainda limpava a boca e esquivou-se, achando que ganharia mais um soco.

* * *

O ano letivo findou, e o dia da formatura havia chegado. A festa foi muito bem produzida, o tema foi medieval.

Brenda e Megan foram com vestidos de princesas com os quais Tereza fez questão de presenteá-las. Ainda estava morando com a amiga e não via a hora de ir embora para o intercâmbio em outro país. Humberto foi buscá-la, era um rapaz alto e bonito.

Ao chegarem na festa, o coração de Brenda brecou ao ver Fernando em traje de príncipe. Ele estava único e incomparável. A namorada não desgrudava dele.

Quando Brenda parou na escada que dava para o salão, esperando Humberto, que conversava com um conhecido, Fernando ergueu os olhos e avistou-a. Inquietou-se. Jamais tinha visto a amiga mais linda do que ali. Esqueceu-se da sua companhia e foi andando sem desviar os olhos de Brenda. Ela o acompanhou com o olhar, ficou com a respiração presa.

Fernando lembrou-se de que Brenda não era mais dele. Pelo menos, para ele, a exclusividade ela tinha entregado a Matheus, que, no fim das contas, agora dançava nos braços de outra, com a boca roxa do soco que tinha ganhado.

O coração de Fernando ficou triste. Ele filmou aquele rosto pela última vez e foi em direção à sua namorada, puxando-a para dançar. Brenda sentiu muito ciúme, mas não atrapalharia mais a vida do seu ex-melhor e inesquecível amigo.

Dançaram, e Brenda tentou se divertir com os amigos. Seus olhos não saíam de cima de Fernando, que a ignorou enquanto estavam ali.

Quase perto do fim da festa, Humberto empolgou-se conversando com uma menina da sua turma. Concluiu que não conseguiria nada com Brenda naquela noite e, então, era melhor adiantar seu lado. Era a hora de ir embora, como Brenda concluiu.

As luzes do recinto atenuaram-se quando começou a tocar a música "White Horse", da Taylor Swift. As músicas da sua cantora favorita sempre revelavam um pouco do seu conturbado interior. Observou que Matheus tinha companhia, Humberto também. E adiante dela, as luzes que piscavam revelavam Fernando nos braços de outra. Ela estava sozinha. Como sempre.

I'm not a princess
This ain't a fairytale
I'm not the one you'll sweep off her feet
Lead her up the stairwell
This ain't Hollywood
This is a small town

I was a dreamer
Before you went and let me down[1]

Ela olhou ao redor e sentiu o coração dilacerado com a última cena daquela festa: Fernando beijando a menina. Ela odiou, detestou, queria sumir. Saiu depressa e esqueceu-se de avisar Gustavo.

Resolveu ir andando para o seu recôndito, o campo de futebol. Limpou os olhos, queria enforcar aquela oferecida. Fernando não era dela, como amargamente pensou.

Seus sonhos eram mais doces, suas sensações, mais aceitáveis. A música ainda vinha do interior do salão ao encontro dos seus sentimentos.

My mistake: I didn't know to be in love
You had to fight to have the upper hand
I had so many dreams about you and me
Happy ending
But now I know[2]

---

1 Eu não sou uma princesa
Isso não é um conto de fadas
Eu não sou aquela que você quer agradar
Conduzida pela escadaria
Isso não é Hollywood
Esta é uma cidade pequena
Eu era uma sonhadora
Antes de você chegar e me pôr para baixo.

2 Meu erro: eu não sabia estar apaixonada
Você teve que lutar para ter a vantagem
Eu tive tantos sonhos sobre você e eu
Finais felizes
Mas agora eu sei.

Sentou-se desolada na arquibancada e deixou algumas lágrimas caírem do rosto.

Olhou para o lado e viu Fernando se achegar a ela, sozinho. Seu coração inquietou-se. Ele subiu até onde ela estava.

– Sabia que ia encontrá-la aqui.

– Devia estar com sua namorada – disse, com uma pontada de desprezo.

– E você, com Humberto. O que está fazendo aqui?

– Fugindo da realidade?

– Não era tudo que você sempre sonhou? – disse, com sarcasmo. Brenda estranhou sua fala.

– É, mas, como bem disse, os sonhos não eram reais.

– Deve ter sido melhor do que sonhou, não? – desdenhou.

– Por que está falando assim?

– Você e Matheus, deve ter sido melhor do que sonhou! Por isso não me contou o sonho, não é? Virou realidade – rebateu com arrogância.

– Do que está falando, Fernando? – ela levantou-se, confusa e perplexa.

– Não seja cínica. Você ficou com aquele idiota, fez tudo por uma noite!

– Você bebeu? Por que está me tratando como seu eu fosse uma qualquer?

– Ficou com ele, não foi? Seu sonho! Uma "realidade doce", como me disse!

– Fernando, não entendo o que você está falando! – Então, como um clarão, tudo fez sentido. – Entendi. – Colocou as mãos na cintura, com raiva. – Na verdade, já sei! Está convencido dos boatos que rolaram, de que Matheus e eu tivemos uma noite juntos. Acertei?

– Você foi até lá, Brenda! É a prova de que fariam algo!

– Pensei que me conhecesse!

Fernando estava explodindo de rancor, guardou aquilo durante toda a semana.

– Pensei que você era uma garota especial, mas é como as outras!

Brenda ofendeu-se, ia chorar, mais decidiu atacá-lo também com veemência.

– Você não tem mais nada a ver com minha vida! Pelo menos tinha, quando era mais verdadeiro!

– Não me importo com você, Brenda, nem com o que faz ou deixa de fazer! – disse, sentido.

– Então, por que está aqui?

– Estou até agora fazendo a mesma pergunta.

Fernando trincou os dentes e deu alguns passos de costas, olhando para ela.

* * *

Brenda não viu mais Fernando. Sua mágoa naquele momento falava mais alto do que qualquer sentimento que pudesse ter ficado.

Depois da morte da avó, Brenda estava decidida: iria morar os próximos quatro anos fora do país. Faria faculdade e aperfeiçoaria o inglês nos Estados Unidos, onde um casal de senhores americanos a esperava.

As notas do vestibular saíram. Os três amigos estavam no quarto de Gustavo quando viram na internet o resultado. Eles comemoraram o ingresso na faculdade. Brenda aproveitou que os amigos comemoravam se beijando e foi descendo a tela com as notas dos alunos de outros cursos. Procurou em Desenho Industrial, e lá estava o nome de Fernando. Ele entrou na mesma faculdade.

– Vai fazer Desenho, Gu? Não sabia – disse Megan, com tom provocativo. – Pensei que faria Engenharia da Computação.

Brenda fez careta.

– Você passou, Bê, não precisa ir para fora do país.

– Sei disso, mas preciso ir atrás dos meus sonhos.

– O que a faz pensar que é lá fora que estará seu grande amor ou... sua mãe?

– O sinal do sonho dizia que eles só precisavam de uma decisão para serem reais. Se eles nunca apareceram aqui, só podem estar lá fora! Que outra razão teria para minha vó ter guardado dinheiro por tanto tempo?

– Talvez para que você pudesse estudar, talvez para que começasse algo novo.

– Vovó Matilde sabia o que estava fazendo, mesmo sem ter me dito.

– Não pode ir, Bê.

– Ah, Megan, eu amo vocês demais, mas preciso ir.

Elas choraram abraçadas.

Brenda mostrou com desdém ao pai suas ótimas notas no vestibular, estava orgulhosa, mas ele deu de ombros, como sempre fazia com tudo. Naquele dia, ele anunciou que iria morar em outro estado em poucos dias. Brenda não tinha mais nada. Decidiu ficar na casa de Megan até o dia da viagem para os Estados Unidos.

Seus amigos fizeram de tudo para que ela ficasse, mas não havia mais nada que a prendesse ao país. O que mais desejava era levar o perdão do seu melhor amigo que roubava a cada dia um pouco mais de sua alegria.

Faltando quatro dias para a viagem, Brenda resolveu ir ao Cyber. Precisava encontrar-se com aquela senhora e desabafar. Subiu as escadas e a procurou entre as estantes dos livros. Encostou-se ao corrimão que cercava o andar e ficou esperando.

Depois de alguns minutos, a bela senhora apareceu sorrindo, com alguns livros nas mãos.

– Olá, minha querida. Como vai?

– Eu preciso conversar com a senhora.

– Hum, sabia que voltaria.

– Por que sempre sabe de tudo?

– Talvez eu seja um anjo.

– Não me deixe mais maluca do que já estou.

– Tudo bem. Vamos nos sentar lá embaixo?

– Não, gosto de ficar aqui.

– Então, venha.

Foram até uma das estantes e sentaram-se no carpete que cobria o lugar.

– Em que posso te ajudar, querida? – perguntou a senhora, gentilmente.

– Primeiramente, quero pedir desculpas por meu comportamento sempre arredio, a senhora sempre me tratou com tanta delicadeza.

– Tudo bem, imaginava que isso aconteceria.

– Por que sempre sabe de tudo?

– Experiência do tempo.

– Quem é você?

– Alguém com a missão de ajudar os outros.

– Qual é o seu nome? O que faz? Onde mora?

– Sabe, Brenda, sei exatamente meu nome, o que faço e onde moro. A questão que importa aqui é você, não eu. Eu é que te pergunto, quem é você? O que tem feito e onde realmente mora?

Brenda abaixou a cabeça, triste e pensativa. Não sabia quem era, não sabia ao certo o que fazer e não tinha mais um lar.

– Ainda tem sonhado? – perguntou a senhora.

– Sim... – respondeu Brenda, de cabeça baixa.

– Me conte todos os seus sonhos, do começo ao fim.

Brenda relatou detalhadamente os últimos sonhos que teve. Ela apenas ouviu, sem dar uma palavra, nem mesmo quando Brenda fazia perguntas desesperadas, como o motivo pelo qual Fernando não a conhecia. Por fim, a senhora cruzou os braços e olhou com ternura para a menina.

– Quem é você, Brenda? E o que te faz querer aquele mundo?

– Não sei de mais nada. Realmente não sei mais quem sou.

– Alguma vez soube?

Ela negou com a cabeça.

– Minha vida toda foi desejar encontrar minha mãe, viver um grande amor e ter uma família, só isso.

– E as riquezas dos seus sonhos, que mencionou?

– O que todos desejam.

– Desejam mais as riquezas do que as pessoas?

– Por que diz isso?

– Lembre-se calmamente dos seus sonhos, Brenda. Acostumou-se rapidamente com as riquezas, todos nós somos assim. Incomodou-se por Fernando não a conhecer, mas não fez nada para mudar.

– Por que ele não me conhecia?

– Talvez as pessoas que não a conheçam lá sejam as que você nunca se interessou em conhecer aqui.

– Mas Megan me conhecia e via as mudanças!

– Sua amiga conhece sua alma. Vocês se conheceriam em qualquer outro sonho que tivesse.

– Por que, então, as outras pessoas me viam como se eu sempre tivesse sido daquele jeito?

– Muitos nunca te notaram aqui, então lá não faria diferença. Outros, como Gustavo ou sua avó, sempre souberam e sempre viram a beleza que você nunca viu em si mesma.

– Por que eu conquistei o Matheus e depois fiquei com uma sensação estranha de vazio, saudade de alguém que eu não sabia?

– Entenda, Brenda, que sonhos são apenas sinais. É fato que alguns são frutos de uma mente cansada, mas, no seu caso, foram sinais. Esse Matheus que você idealizou nunca existiu, mas você o formou na mente e nos seus sonhos, como queria que ele fosse. A pessoa que você esperava encontrar não era ele, afinal. E aquele que encontrou talvez fosse alguém que sempre esteve perto de você.

– E vovó Matilde, por que me achava doida ou algo assim?

– Sua avó sempre soube da neta sonhadora que tinha. O que contasse a ela, aqui ou lá, sua mente idosa e cansada atribuiria aos seus sonhos.

– Meu Deus – disse, passada. – Mas e meus pais? Por que não os vi?

– Porque não os conheceu na vida real.

– Eu sempre vivi com meu pai!

– Lembre-se, Brenda, tudo são sinais.

– E as borboletas do meu quarto?

– Talvez foram colocadas ali para que você se lembrasse de alguém.

Brenda fechou os olhos com força e tentou se lembrar de borboletas.

– Fernando... – disse, pensativa ainda. – Mas por que borboletas?

– Você só vai descobrir se permanecer no mundo real. Não lá, no mundo dos sonhos.

– O que vai acontecer se eu escolher viver sonhado?

– Os acontecimentos de lá influenciarão suas decisões aqui.

– Acha que estou indo para fora do país por causa do sonho?

– Ninguém mais do que você pode responder a essa pergunta, querida.

– Só quero minha mãe. E, claro, viver o amor que sempre sonhei com o cara dos meus sonhos.

– Matheus era assim?

– Não, não era. Nem lá e muito menos aqui.

– Brenda, dentre tudo que sonhou, o que você mais precisa agora é perdoar. Perdoar sua mãe.

– Por que diz que eu preciso perdoar minha mãe?

– Porque, lá no fundo, você se sente rejeitada por ela e acha que todos a desprezam também.

Ela suspirou fundo, a senhora falava a verdade.

– Por que eu trazia sinais dos sonhos? As lágrimas, o dedo machucado, os rabiscos nas mãos?

– Talvez sejam os sinais da vida real, para que você seja levada a tomar a decisão correta. Vai ter um momento em que terá que decidir entre o real e o irreal.

– Mas, por que todos esses sonhos?

– Compreenda, a vida que foi planejada para você é mais bela do que a vida que você idealizou.

– Então para que tantos sonhos?

– Não é errado sonhar, minha querida, mas sonhos sem ações não levam a lugar nenhum. Veja os sinais, contemple seus sonhos. Mas não fique naquele mundo imaginário, faça valer cada uma das suas vontades aqui, lutando, construindo e vencendo.

– Estou indo para fora do país para construir meu sonho.

– Qual?

Brenda ficou sem resposta.

– O seu talento, Brenda, a levará aos seus sonhos. É por isso que eles foram colocados em você.

– Meu talento é mexer em computadores.

– Então por que pensa em sair do país para estudar Administração? Por que não fica e investe no curso para o qual realmente tenha aptidão? Por que está maquiando tantas verdades? Quer encontrar sua mãe e não confia no seu talento, essa é a resposta que não quer admitir.

– Não vejo futuro no meu talento.

– Se você não acreditar no seu potencial, ninguém mais irá acreditar.

– O que eu faço?

– Brenda, abra mão dos seus sonhos para que a vida seja real.

– Por que é que lá eu não me lembrei que sei mexer em computadores?

– Sempre desprezou seu talento, querida. Lá, você jogava basquete, o que sempre quis, mas seu talento verdadeiro foi completamente esquecido.

– Então sonhei tudo ao contrário do que vivo e sinto aqui?

– Provavelmente, sim.

Elas levantaram-se, e Brenda sorriu ao perceber que os olhos da senhora brilhavam de uma forma linda.

– Fui tão burra... Que oportunidade eu perdi de não tê-la conhecido antes. Agora estou indo embora e vejo o tempo perdido!

– Não temos poder sobre o tempo, mas devemos valorizá-lo tomando atitudes sábias, pois para tudo existe um tempo certo.

– A senhora é tão sábia. Posso saber seu nome?

– Meu nome é Ângela. Eu te falei no segundo dia em que nos encontramos, mas você estava tão assustada que não percebeu.

– Me desculpa. Você é dona disso tudo aqui?

– Meu pai é dono de tudo. Sou apenas uma filha que caminha por entre os lugares para ajudar os outros.

– É como um anjo, né?

– É, sou como um anjo – ela riu.

– É uma pena que eu esteja indo viajar amanhã. Sinto paz com você, é tão bom.

– Chega o momento em nossas vidas em que é necessário caminhar sozinha, para encontrar o próprio caminho.

– Obrigada por me fazer compreender um pouco mais de mim, mas ainda preciso pensar, foram muitas informações.

– Pense, sim.

Brenda abraçou a senhora com força. A paz que sentiu encheu todos os cantos do seu interior. Ficou emocionada e sorriu.

capítulo 9

Além dos sonhos

ERA O SÁBADO DA DESPEDIDA DE BRENDA, o voo sairia às dez da noite, teria até as seis para comemorar com seus poucos amigos. Gustavo ligou cedo para Fernando, ele e Brenda precisavam conversar.

Aproximava-se das cinco da tarde e Fernando ainda não tinha aparecido. Gustavo ligou diversas vezes para ele e não conseguiu localizá-lo. Fernando lutava contra si, não queria sentir seu coração sendo arrancado com a despedida. Concluiu, porém, que se não se despedisse seria ainda pior.

Perto das seis ele chegou no carro de seu irmão. Brenda deixou as lágrimas escorrerem do rosto quando ele desceu do carro. Não o veria de novo, pelo menos nos próximos quatro anos.

Ela foi andando em direção a ele. Fernando cerrou os lábios ao ver que ela usava a presilha que ele lhe dera naquela noite estrelada.

– Oi – disse ele, com a expressão caída, magro e abatido.

Fernando tinha passado os últimos dias em profunda depressão por causa de Brenda, lamentou pela decisão dela de ir para fora do país.

– Oi – ela sentia um nó na garganta.

– Vim me despedir.

– Eu sei – ela disse, com melancolia.

– Não chore – ele secou a lágrima do rosto dela.

– Quero pedir perdão por ter sido tão orgulhosa e…

– Psiiiu – ele tocou os lábios dela. – Eu é que tenho que te pedir perdão, pela estupidez e por ter magoado você.

– Fui eu a culpada, Nando – lamentou-se.

– Gustavo me contou toda a verdade, mas precisei lutar muito para acreditar no que ele disse.

– Eu devia ter contado, insistido com você, não devia ter deixado meu orgulho nos separar. Sempre imaginei que você não acreditaria em nada daquilo.

– O ciúme me cegou. Me perdoa?

Brenda pulou em seus braços, apertando-o com força, enquanto chorava profundamente.

– Te perdoo, Nando. Você também diz que me perdoa?

– Claro… minha Butterfly.

Brenda o apertou ainda mais nos braços, ela não conseguia parar de chorar. Fernando afastou-se dela e a segurou no rosto com as duas mãos.

– É mentira o que eu disse.

– O quê?

– Que não me importo com você. Eu me importo, sim.

– Sei que sim.

Fernando estava com o coração na mesma aceleração que o de Brenda; ela era o seu grande amor, seu desejo, sua vontade. Ele beijou o pescoço dela; ela arrepiou-se.

– Nando… – disse ela, entregando-se ao abraço apertado dele.

Fernando pegou a mão dela e a puxou para a lateral da casa de Gustavo.

– Agora eles se acertam de vez! – comentou Megan, cutucando Gustavo.

– Que meus pais não vejam.

Fernando parou e puxou Brenda pela cintura. Em seguida, a envolveu em seus braços.

– Não posso deixá-la ir, minha Estrelinha – ele a puxou pela nuca e encostou a testa na dela –, sem antes dizer tudo que sinto por você.

Antes que ela dissesse algo, eles beijaram-se, apaixonados. O beijo dele tinha carinho. Ela o puxou pela nuca, seus cabelos eram macios. Sentiu tristeza, desejo, saudade.

– Nando, eu estou com o coração em pedaços – ela segurou o rosto dele com as duas mãos, as sobrancelhas negras dele arquearam-se, e o sorriso, com o leve sugo de lado, era convidativo para mais um beijo.

Ele ajeitou a franja dela onde estava a presilha. Seus olhos ficaram úmidos.

– Perdemos tanto tempo, Nando... – indignou-se.

– Ainda é tempo. Preciso te dizer – ele desenhou os lábios dela com o polegar – o quanto eu amo você, garota.

O coração de Brenda desatou descomedido.

– Tá me dizendo que, que me ama? – falou, quase sem fôlego.

– Você sempre soube.

– Nando, eu, eu amo você, na verdade sempre te amei também!

Ele afagou o rosto dela, e os dois novamente se beijaram.

– Quero você, Brenda, você não pode ir.

– E sua namorada? – perguntou, preocupada.

– Que namorada? Sempre quis que fosse você, Bê! Por favor, fica?

– Você sempre estará comigo, Nando, mas preciso alcançar meus sonhos.

– Me deixa ser só um deles, nem que seja o último?

– Não torne pior esse momento – falou, chorando, puxando-o contra ela com um forte abraço.

– Não me esqueça – disse ele, carregado de desejo por ela.

– Jamais te esqueceria.

– E leve mais essa lembrança.

Ele a puxou com força e a beijou com entusiasmo. O fôlego dela sumiu; foi o melhor de todos os beijos que já havia provado.

– Eu vou ser sua, Nando – sussurrou entre os beijos.

– Não fale isso, Estrelinha, pode me fazer surtar.

Deu um pequeno sorriso e continuou afagando o rosto contra o dele.

– Vou te esperar, Bê.

– Não pode me prometer.

– Prometo que vou te esperar, quero você só pra mim.

– Eu te amo, Nando – disse Brenda, olhando nos olhos dele. – Preciso ir.

Eles se abraçaram com força por um longo tempo. Choraram.

– Dança comigo? – pediu Fernando.

– Por que está pedindo isso?

– Porque naquela noite do baile de formatura, era o que eu queria ter feito. Estava linda.

– Estava morrendo de ciúmes de você com aquela garota – ela disse, e ele alinhou um sorriso.

– Eu também senti ciúmes de você, Bê! Dança comigo?

– Não temos música.

– A música realmente está longe... – Ao fundo, quase inaudível, podia-se ouvir "The Mess I Made", de Parachute.

– Fico te devendo, Nando – falou, triste. – Meu celular ficou na bolsa...

– O meu ficou no carro.

– Preciso ir. Prometo que guardo a dívida da nossa dança, mas não a torne a última, eu morreria por ela.

– Vou te esperar.

Saíram dali, e Brenda despediu-se dos amigos. Lágrimas, abraços e a certeza de que os levaria para sempre dentro do coração. Tereza abraçou a menina com força e lamentou sua partida.

Fernando a levou até o aeroporto. Os corações estavam amargurados.

Brenda foi deitada no braço dele. Foi longo o caminho até o aeroporto internacional.

Quando chegaram ao estacionamento do aeroporto, Fernando desligou o carro, curvou-se para trás e ficou procurando algo no banco. Brenda não disfarçou e prendeu os olhos no abdômen definido dele, quando a camisa se levantou. Ele era perfeito demais.

– Para você, Butterfly... – Era um embrulho mediano.

– O que é, Nando? – ela riu.

– Abra somente lá, para que você tenha algo a mais para poder se lembrar de mim.

– Não preciso de mais nada.

Eles se beijaram.

– Não quer mesmo que eu vá até o embarque com você?

– Não. Vai ser pior, prefiro que seja assim.

Choraram. Ela sorriu sem graça ao secar as lágrimas dos olhos dele.

– Vai, durão, chora, finjo que não vi – ela tirou sarro, e ele deu um pequeno sorriso, beijando com força a mão dela que tocava o rosto dele.

– Me deixa ir até o embarque?

– Não, Nando, aqui.

– Sou louco por você – disse Fernando, sussurrando no ouvido dela.

– Não faça assim, sou capaz de não ir mais... Eu vou voltar para ser sua.

– Seja agora.

– Não posso.

– Claro que pode. Eu te quero.

– Preciso ir.

Brenda olhou nos olhos dele.

– Eu amo você. Amo demais.

– Eu sempre te amei...

O último beijo.

Brenda tirou a mala do banco de trás do carro. Com lágrimas escorrendo no rosto, fez um pequeno gesto acenando para Fernando, que a olhava com as expressões tristes.

Tinha pouca bagagem, a maioria eram roupas usadas. Compraria o que precisasse fora do país.

Colocou a bolsa no ombro e abraçou com força o embrulho. Pegou a mala e caminhou para dentro do aeroporto. Cada passo foi mais difícil do que pensava ser.

Não havia fila para o *check-in*. O nó na garganta a machucava.

Parou por um momento, e a curiosidade foi maior. Abriu depressa o presente de Fernando. Queria algo que o trouxesse até ela de novo. Rasgou o papel e ficou boquiaberta quando viu que era o caderno de desenho dele.

Abriu o primeiro desenho e ficou perplexa. Procurou rapidamente algum lugar para se apoiar, as pernas tremiam e o coração desfaleceu.

Do primeiro dia dela na escola, ele desenhou Brenda conversando com Megan. Passou mais uma folha: o dia em que faltou à aula para ir para a arquibancada e encontrou-se com ele depois. Lembrou que, naquele dia, ele guardou o caderno de desenho na mochila enquanto conversava com ele e as metidas da escola. O coração dela saiu do estado sólido e evaporou-se. Em seguida, disparou em batidas frenéticas.

Várias cenas, vários momentos. O primeiro beijo. O dia do baile. Ela, somente ela, em vários momentos da vida. Durante todo o tempo, ele sempre a amou.

Brenda ficou atordoada e tentava encaixar todas as peças em sua cabeça.

"Talvez as pessoas que não a conheçam lá sejam as que você nunca se interessou em conhecer aqui", a voz da senhora ecoou. *"Você idealizou o que nunca existiu."*

"Brenda, abra mão dos seus sonhos para que a vida seja real."

Como flashes, lembrou-se dos seus sonhos, do abdômen de Matheus – ele jamais tivera o corpo sarado, sempre foi magro e alto, e concluiu isso no dia em que ele tentou agarrá-la no quarto. Fernando era o dono do corpo perfeito. Mas como sabia disso? Lembrou-se do dia em que viu o corpo definido dele, naquela tarde em que o visitou.

O olhar com o brilho das estrelas de Matheus nos sonhos e o jeito carinhoso não eram dele, eram de Fernando!

Na noite em que contava estrelas no campo de futebol, nunca tinha sido Matheus, sempre tinha sido Fernando! O desenho na mão era dele, sempre foi ele.

Passou mais um desenho e ela ficou ainda mais espantada. No dia em que se beijaram, ele a desenhou com o rosto de lado e a borboleta em sua cabeça.

"Estou decorando seu rosto." Lembrou-se daquela noite, o primeiro beijo.

Passou mais uma página rapidamente e viu a cena em que ela chegava na escola com um novo visual e, ao lado dela, algumas borboletas azuis. Entendeu o que ele quis dizer: enfim ela havia despertado a Butterfly que sempre existiu nela. As borboletas no seu quarto eram os sinais!

– Eu não posso ir – concluiu, desesperada.

"Última chamada para o voo A1322, com destino a Los Angeles. Embarque imediato no portão 12."

Olhou para o portão de embarque e seu ser estava revirado, seu coração parecia que queria sair dela e correr para encontrar Fernando.

Se você é mesmo o meu sonho, Nando, se você é o cara da minha vida, você vai atender esse telefone agora! É você, Nando! Sei que é! Agora sei! Ó, meu Deus, me ajuda!, pensou preocupada, o frio na barriga aumentando, a mão tremendo. Chamou até cair. Ligou de novo.

– Atende esse telefone, Nando, pelo amor de Deus! – disse, com lágrimas nos olhos. – Atende! Atende!

Ligou de novo e ouviu uma música atrás de si: era "Two Is Better Than One", de Taylor Swift.

I remember what you wore in our first day
You came into my life
And I thought "hey, you know, this could be something"
Cause everything you do and words you say
You know that it all takes my breath away
And now I'm left with nothing[1]

---

1 Eu me lembro do que você vestiu no nosso primeiro encontro
Você entrou em minha vida
E eu pensei: "Hey, sabe, isso poderia ser alguma coisa"
Porque tudo o que você faz e as palavras que você diz
Você sabe que tudo isso me deixa sem ar
E agora eu fui deixado sem nada.

Levantou-se e abaixou o celular, chorando. Virou-se, e Fernando estava atrás dela com o celular na mão.

– Você me deve uma dança – disse ele, cerrando os lábios em seguida.

– Nando...

As lágrimas desceram quentes pelo rosto dela.

– Pelo que ouvi, é seu voo.

– Não posso ir.

– Não posso deixar você ir.

Aproximou-se dele e encostou as mãos no seu peito.

– Fica comigo? – pediu ele, com os olhos úmidos.

– Eu já estou com você.

Levantou o rosto dela pelo queixo e sorriu quando se olharam.

– Amo você, minha Butterfly.

Ela sorriu.

– Amo você, Nando, meu ex-melhor amigo.

– Por que ex?

– Porque eu quero que seja meu namorado.

– Ok. – Ele abriu um lindo sorriso. – Eu juro que não ligo de devolver esse lugar para o Gustavo.

Brenda admirou rápido aqueles traços tão lindos, a pele morena dele era sedutora. Eles se beijaram.

– Como demorei pra perceber que sempre te amei – falou Brenda, sussurrando.

– Ainda bem que descobriu a tempo.

– Nando? Você me desenhou em tantos momentos da minha vida, porque nunca me mostrou?

– Porque esses eram meus pensamentos, o que estava dentro de mim. Pensamentos não podem ser vistos... – ele riu, puxando o lado esquerdo dos lábios. – E te desenhar sempre foi uma maneira de tê-la perto de mim.

– Você sempre me amou. Sempre esteve por perto me observando. Como fui idiota.

– É, você foi. – Eles riram. – Mas agora eu quero as minhas promessas. – Ele encostou o nariz dele perto do ouvido dela.

– Quais?

– Todas.

Ela colocou os braços em seus ombros, e os dois se beijaram.

* * *

Era Natal. Um clima ameno e uma expectativa boa acordou Brenda naquele dia.

Almoçou com os pais de Fernando. Ficou feliz por ter sido bem recebida, exceto por Renato, que, como sempre, fez pouco caso do relacionamento dos dois. Porém, o coração da menina estava feliz demais para se importar com algo tão pequeno.

Como prometera para Tereza e Gustavo, passou a noite de Natal com eles.

Sentaram-se ao redor da árvore de Natal. Brenda apoiou os cotovelos nos joelhos, com serenidade e um sorriso emocionado no rosto. Ficou observando Tereza, Roberto e Gustavo, além de João e Martha, avós de Gustavo, pais de Roberto. Todos riam felizes. Sentiu saudades da avó Matilde, mas estava radiante por participar daquele momento em família, como sempre sonhou.

Abriram os presentes. Uma lágrima de felicidade escorreu em seu rosto ao ver o nome dela em um dos sapatinhos pendurados na lareira. Jamais tivera ao menos um abraço do pai nas noites natalinas; estava amando aquele momento.

A casa tinha uma alegria envolvente e única, havia alegria por todos os lados. Só faltava a parte mais importante do seu coração chegar: Fernando Felzer. Eles se encontrariam depois da ceia.

Após o maravilhoso jantar que tiveram, Tereza chamou Brenda até seu quarto e deu a ela um lindo cordão de ouro com um par de brincos. Brenda ficou radiante.

– E aí? Já decidiu se vai trabalhar com a gente lá na empresa? – perguntou Tereza.

– Aceito trabalhar com a senhora, sim! – Brenda respondeu prontamente.

– Minha querida, fico tão feliz! Aliás, confesso que fiquei muito contente por você não ter ido viajar para fora do país, não sentia que era o certo de você fazer.

– Foi o que senti também. E eu amo o Nando, não poderia ficar sem ele.

– Ele é um bom rapaz. Está ansiosa para os primeiros dias na faculdade?

– Claro que sim! Nunca pensei que pudesse ser tão feliz! Vou ter o Gu, a Megan e o Nando bem pertinho! Isso é demais! E, claro, sei que isso tira minha concentração!

– Sei que isso é muito particular, mas você e Megan são as filhas que não tive. Falei para Gustavo não fazer nenhuma besteira, e nem você, mocinha.

– Pode deixar, tia! Sei que vai ser o Nando, só não quero apressar nada. Quero que seja especial, muito especial.

Elas riram.

– Como é bom saber que minha decisão de ficar foi a certa – falou Brenda, feliz.

– Você tem um talento raro, Brenda, não podia abrir mão dele. Terá um grande futuro em nossa empresa.

– Ganhei o Nando, ganhei um emprego dos sonhos. Enfim, perdi minha avó linda, meu pai foi embora...

– É melhor que alguns propósitos aconteçam para que outros se movimentem a nosso favor.

– Tudo bem. Nunca estive tão feliz na minha vida! Jamais pensei que eu também... ganharia uma família – ela emocionou-se.

– Não fique assim, flor. – Tereza carinhosamente abraçou a menina. – Seja bem-vinda à nossa família.

O abraço das duas foi envolvido por um gostoso afago.

– Vou lá, tia! Nando já deve estar chegando! Vamos?

– Já vou.

Brenda cerrou os lábios e saiu do quarto.

– O que minha mãe queria com você? – perguntou Gustavo.

– Queria me dar um cordão.

Brenda interrompeu a fala e procurou o presente.

– Esqueci lá em cima! Já volto! – falou animada, subindo as escadas.

A porta estava encostada e, ao entrar, deparou com Tereza chorando. Ficou sem saber o que fazer.

– O que aconteceu?

– Nada, minha filha – disse Tereza, limpando os olhos e colocando uma foto na gaveta.

– Não quer me dizer? – Brenda sentou-se na cama.

Tereza suspirou fundo e soltou, limpou os olhos. Pegou a foto na gaveta do criado-mudo e mostrou-a à Brenda. Era uma foto antiga de um bebê.

– Que bebê lindo, parece que eu já vi essa foto. Quem é?

Tereza cerrou os lábios.

– Minha linda filhinha, chamada Jéssica.

– O que aconteceu com ela? Me conta...

– Deixa isso pra lá, é tão triste. Não ligue, em todo Natal fico assim.

– Me diz, tia! Quem é?

– Jéssica é minha filha.

– Filha? O que aconteceu com ela?

– Roubaram-na de mim... – As lágrimas desceram pelo rosto.

– Como assim?

Brenda escorregou para o chão e apoiou os braços no colo de Tereza.

– Foi em um verão de 1994 quando tudo começou. Conheci o grande amor da minha vida. Ele era lindo e me apaixonei por ele.

– Onde foi?

Tereza deu um pequeno sorriso.

– Nas minhas férias, fiz uma viagem de transatlântico pela costa brasileira. Nesse navio, conheci o chefe da segurança e me apaixonei por ele; se chamava Flávio, e era alto e bonito. Tivemos uma semana intensa. Combinamos de nos encontrar em terra, mas foram tantos desencontros que resolvi viver a vida e esquecer aquela experiência. Poucos meses depois disso, conheci uma pessoa em um bar, ele era muito sedutor e trocamos telefonemas. Enfim, acabei gostando dele e aceitei seu pedido de namoro, mesmo sabendo que ele era de origem humilde e que meus pais não aprovariam. Quando ele me levou para conhecer sua família, quase tive um ataque cardíaco, porque ele era justamente o irmão, adivinha de quem?

– Do Flávio? – disse Brenda, espantada.

– Ele mesmo. Era irmão do Flávio. Aquele reencontro não saiu da memória, fingimos que não nos conhecíamos, mas o coração me avisou: eu ainda estava apaixonada. Flávio resolveu se afastar de mim, porque não queria magoar o irmão. Sofri muito com o suposto desprezo dele.

– E seus pais? Concordaram com o namoro?

– Nesse tempo, meu pai morreu e minha mãe foi mais fácil de convencer. Então, quando vi que Flávio estava namorando e não queria mais nada comigo, resolvi continuar o namoro com o irmão dele. Na noite em que oficializamos o noivado, Flávio quase enlouqueceu e sumiu. Na mesma noite, apareceu no meu apartamento, tinha bebido e parecia ter chorado muito. Ele não disse nada e foi logo me beijando e, é claro, não pude resistir. Ele disse que me amava, que só estava evitando magoar o irmão, que não desistiria de mim e que eu estava doida para fazer aquilo. Eu estava com meu orgulho ferido, mas o amava. Naquela impetuosidade, fizemos amor. Flávio pediu que eu terminasse o noivado, pois ele queria me assumir como mulher dele. Procurei a oportunidade certa de contar ao meu noivo o que havia feito, mas não foi fácil; logo descobri que estava grávida.

– Nossa! – disse Brenda, assustada. – E seu noivo?

– Dois meses depois, Flávio contou ao irmão a verdade e disse que ficaria comigo. Ele ficou possesso e começou a agir de uma forma agressiva. Por muitas vezes achei que não ganharia aquele bebê, pois ele me agredia também. Com quatro meses de gestação, a guerra estava declarada entre os irmãos. Flávio foi morar comigo e planejamos nos mudar para outra cidade, com medo do que meu ex-noivo pudesse fazer. Ele nos ameaçava constantemente.

– E o que aconteceu?

– Nós nos mudamos para outra cidade, só minha família sabia onde estávamos. Meu bebê nasceu, uma linda menina, a quem colocamos o nome de Jéssica. Flávio se apaixonou pela filha. Mas, naquela semana, meu ex nos encontrou. Não cheguei a vê-lo;

apenas recebi a notícia, no início daquela noite, de que ele e Flávio haviam batido o carro. Meu ex saiu muito ferido, e os dois foram internados. Flávio não resistiu aos ferimentos e infelizmente veio a falecer depois de alguns dias em coma. A polícia concluiu que tinha sido um acidente, mas nada tira de mim a certeza de que foi o irmão quem matou Flávio.

– Ele morreu?

– O lado do passageiro foi direto no poste e acabou com o carro. Sabia que aquele ciúme era doentio. A polícia e eu não tínhamos provas contra ele. Chorei por muito tempo e lamentei a morte de Flávio.

– Mas e sua filha?

– Com seis meses, ele a sequestrou de mim.

– Mas como?

– Ele planejou o sequestro e a levou em uma tarde de sexta-feira, quando a babá passeava com ela. Disse que, se eu procurasse a polícia, nunca mais veria minha filha. Dali em diante, minha vida se resumiu em procurar Jéssica. Minha mãe morreu alguns meses depois. Resolvi colocar a polícia atrás dele, mas não consegui encontrá-la. Então, contratei dois experientes detetives. Um ano depois soube que ela estava nesta cidade e vim morar aqui. Mas logo recebi a notícia de que ela tinha morrido.

Tereza chorou profundamente. Megan apareceu na porta e, quando percebeu a cena, resolveu descer e esperá-las no andar debaixo.

Na escada, Megan encontrou-se com Fernando.

– Cadê a Brenda? – perguntou ele.

– Melhor deixá-las, a tia estava chorando.

– O que será que houve?

– Todo Natal é assim – disse Gustavo. – Ela chora a morte da minha irmã.

No quarto, Tereza afastou-se de Brenda e limpou os olhos.

– O detetive disse que minha filha Jéssica tinha morrido de complicações pulmonares. Nunca soube que ela sofria de problema nos pulmões, mas ele me mostrou a certidão de óbito. Ela morreu com quase dois anos de idade. Chorei muito, sofri demais. Resolvi enterrar meu passado junto com minha filha. Eles nunca descobriram onde ela tinha sido enterrada. Voltei para minha cidade e lá conheci Roberto, por quem me apaixonei. O amor dele me ajudou a reviver. Nós nos casamos e logo tivemos o Gustavo. Ele é um empresário no ramo de tecnologia e, seguindo um conselho de uma pessoa muito sábia, abriu uma filial aqui no ano passado. Essa pessoa nos disse que seria bom para mim, que eu superaria a perda da minha filha na cidade onde eu a perdi.

– Nossa, que história triste! Esse homem era um monstro!

– Daí todo Natal fico assim, triste. Mas esse Natal é diferente! Você chegou com Megan para nos alegrar! Menina linda dos cabelos dourados e olhos de mel!

Elas riram e se abraçaram.

– Vovó Matilde dizia que meus olhos pareciam mel.

– Matilde? – perguntou Tereza, com um pequeno sorriso.

– É. A linda vovó Matilde.

– Era o nome da mãe do...

Tereza parou de falar e encarou Brenda nos olhos.

– O que foi? – perguntou Brenda.

– Brenda, qual é o nome do seu pai?

– Murilo, tia. Acho que já disse o nome dele.

– Acho que sim, esse nome me causa aversão...

Tereza colocou a mão na testa, assustada.

– O que foi?

– Você tem uma foto dele? – perguntou, quase sem voz.

– Não gosto de carregar foto dele, mas tenho uma que coloquei no meu celular, apenas para ter algo de recordação.

Brenda pegou o celular que tinha ganhado de presente de Fernando e mostrou a foto a Tereza.

Ao ver a foto, ela levantou-se e deixou o celular cair no chão. Ficou zonza e encostou-se à parede. Brenda levantou-se depressa.

– O que foi, tia? Está passando mal? Quer que eu chame o tio Roberto?

– Brenda...

Tereza desmaiou. Brenda gritou por Roberto, que veio correndo. A festa de Natal terminou mais cedo. Foram para o hospital, e Tereza ficou em observação.

Pela manhã, tentaram vê-la no hospital, mas não conseguiram. O problema de pressão alta era constante na vida dela. Depois de dois dias internada, pôde, enfim, voltar para casa.

Gustavo pediu que Fernando levasse Brenda até sua casa urgentemente.

Ao chegarem, perceberam que tudo estava silencioso. Logo avistaram Gustavo na sala, gesticulando e falando alto com o pai.

– Brenda! – falou Gustavo, feliz e assustado.

– Cadê a tia? – perguntou ela, preocupada.

– Bê...

Gustavo veio andando rápido e abraçou a menina com força. Chorou.

– O que aconteceu? – perguntou Brenda, alarmada.

– Meu Deus do céu.

– Será que alguém pode me dizer o que está acontecendo aqui?

Gustavo continuou apertando Brenda em seus braços.

– Ainda bem que não foi, Bê! Ainda bem!

– Alguém me diz o que está acontecendo?

Tereza apareceu na escada e, quando viu Brenda, começou a chorar. Desceu rapidamente.

– Calma, mãe – pediu Gustavo, soltando a menina dos braços.

– O que está acontecendo? – perguntou Brenda.

– O exame de sangue que fez!

– O que tem?

Lembrou-se da manhã anterior, quando fez um exame de sangue a pedido de Roberto, que alegou que Tereza poderia precisar. Estranhou a pouca quantidade, mas resolveu não fazer perguntas.

Roberto tentava acalmar Tereza, que chorava desconsolada em seus braços.

– Me deixem abraçá-la! – pediu Tereza, aflita.

– O que está acontecendo? – Brenda ficou nervosa.

– O exame que fez, o resultado saiu hoje – falou Gustavo. – Era um exame de DNA.

Brenda ficou tonta e por pouco não desmaiou. Fernando a segurou.

– O que está me dizendo?

– Somos irmãos, Bê. Sempre fomos irmãos na vida real, não apenas na nossa vontade. – Gustavo chorou e puxou-a novamente para um forte abraço. – Você é minha irmã!

– Não pode ser – negou Brenda, atordoada, empurrando Gustavo. – O que disse?

– Minha mãe é sua mãe.

Brenda ficou sem ação, olhando para Tereza, que ainda chorava muito.

– Isso não é verdade.

– Você é minha filha! – disse Tereza, chorando.

– Você é minha mãe?

Ela deu alguns passos, aproximando-se de Tereza, que se soltou de Roberto e aproximou-se de Brenda.

– Murilo mudou seu nome – revelou Tereza, com lágrimas nos olhos.

– Ele mudou meu nome? – perguntou, com a respiração presa e os olhos emaranhados.

– Seu nome era Jéssica. Eu escolhi seu nome! Por isso, nunca te achamos. O atestado de óbito não era seu, nunca foi!

– E vovó Matilde? Por que nunca me disse nada? – Brenda mal conseguia falar.

– Não sei. Devia ter medo de que o seu fim fosse como o do seu pai.

– Meu pai era o... Flávio?

Brenda novamente se apoiou em Fernando e ficou tonta. Então, começou a chorar compulsivamente. Não conseguia respirar direito, seu coração sentia uma mistura de sentimentos da qual nunca tinha provado.

– Você é minha mãe?

– Você é minha filha, a minha Jéssica, que hoje é a linda Brenda.

Tereza aproximou-se e tocou o rosto da menina.

– Minha princesinha dos olhos de mel.

– Mãe? – sussurrou.

Lembrou-se do sonho, lembrou-se daquela voz. Lembrou-se da foto que vira no quarto, era a mesma foto do sonho. Era ela, sua amada mãe, sempre tão perto, como a senhora do Cyber havia dito. Você abre mão de algo em prol de outro ainda maior. A voz de Ângela ecoou:

“Mas, e meus pais? Por que não os vi?”

“Porque não os conheceu na vida real.”

“Eu vivo com meu pai!”

"Lembre-se, Brenda, tudo são sinais."

– Por que me deixou? – foi um sussurro de Brenda.

– Jamais te deixaria, eu sempre te amei.

– Por que não insistiu em me procurar?

– Faria isso pelo resto da vida, se soubesse que estava viva...

– Queria que tivesse me visto crescer.

– Eu voltaria ao passado por isso. Me perdoa? Filha, ainda não posso acreditar que está aqui. Parece um milagre, meu Deus, como desejei um momento assim. Eu te amo, filha...

A voz dela arrepiou o corpo de Brenda em um agradável afago como nunca sentiu.

– Mãe?

Elas se abraçaram com força e choraram abundantemente.

Roberto sorriu e chorou. Gustavo uniu-se àquele abraço e Roberto os abraçou com força.

Brenda, enfim, encontrou-se com sua amada mãe, agradecia a Deus todos os dias por ter uma família de verdade, como sempre sonhou. Havia muitas dúvidas que somente o tempo daria conta de esclarecer. Ela implorou à mãe que deixasse Murilo em paz, mesmo sabendo de toda a maldade que havia feito. O pior castigo dele foi terminar sozinho e sem ninguém. Roberto e Tereza entraram com os processos legais, Brenda continuaria com o mesmo nome e com o sobrenome de sua verdadeira família. Murilo passou a ser procurado pela polícia por sequestro e diversos outros crimes, que Brenda desconhecia. Pouco tempo depois, ele foi preso em outro estado. Murilo havia mudado seus documentos na esperança de não ser encontrado quando descobriu que Tereza havia voltado. Ele foi condenado a muitos anos de cadeia.

* * *

Tudo estava pronto para a nova vida. Tereza e Roberto mudaram-se para a cidade vizinha, para uma bela casa, perto da faculdade. Roberto achou que seria bom Gustavo e Fernando morarem em uma república, mas Megan e Brenda morariam com eles. As meninas comemoraram quando viram seus quartos decorados. O quarto de Brenda foi como sempre sonhou.

No dia da mudança, Brenda foi com Fernando ao Cyber. Queria se despedir de Ângela. Ao chegar, foi no lugar de sempre. Ela não estava.

Esperaram, mas ela não apareceu.

– Não é melhor perguntar ao atendente por ela? – perguntou Fernando.

– Vamos, mas antes me deixa ver um detalhe.

Foi até a seção de sempre e procurou o livro que finalmente compraria, mas não o achou. Desceram e foram até o atendente do Cyber.

– Boa tarde. Estou procurando uma senhora que trabalha aqui, Ângela.

– Ela foi embora no final do ano passado.

– O quê?

– Disse que tinha cumprido uma missão. Você é Brenda, não é?

– Sou, como sabe?

– Ela me falou de você. E disse que viria aqui.

– Quem era ela? Deixou endereço?

– Nada. Vim procurar emprego assim que soube que o Cyber tinha aberto. Do mesmo jeito que ela veio, soube que foi embora.

– E o Cyber?

– Ela enviou uma pessoa para cuidar de tudo. Mas os comentários dizem que era um empresário que perdeu tudo por ter sido roubado. Ela compadeceu-se e deixou tudo para ele.

– Meu Deus! Quem era aquela senhora?

– Todos dizem que era um anjo.

– Estou começando a acreditar nisso.

– Então é isso, preciso trabalhar, o chefe deve estar voltando do almoço. Mas, olha, ela deixou isso para você.

Brenda sorriu ao ver que era o livro que sempre quis, tinha uma fita azul o cobrindo, a sua cor favorita.

– Ela realmente sabia muito de você, Estrelinha – disse Fernando, rindo.

Brenda abriu o livro e tinha um bilhete, com uma linda letra.

> *Querida Brenda,*
>
> *Eu sabia que voltaria e que esse livro devia ser seu. É uma garota inteligente, eu sabia que tomaria a decisão certa. Creio que, agora, quem está do seu lado é o grande amor com quem sempre sonhou, o seu Fernando.*

Brenda sorriu e olhou para Fernando. Continuou a ler com a voz alta.

> *Os maiores sonhos, na maioria das vezes, estão a um passo de uma escolha.*
>
> *Se cuida e não se esqueça de orar a Deus para que suas escolhas sejam sempre prudentes. Olhe para a sua vida hoje, minha querida. Tem o seu grande amor, tem a família com que sonhou. Foram suas escolhas. Confesso que dei uma forcinha, apenas um conselho sábio para um empresário que sonhou com uma filha tão linda como você.*
>
> *Quero dizer que você foi uma das missões mais doces que eu tive que cumprir. Fico feliz que tenha escolhido o caminho da realidade, pois, por mais dura que ela seja, sempre é melhor a verdade. Se tivesse lido todo o livro, seria mais fácil*

para mim, mas as palavras escritas nem sempre poderão ser substituídas por maravilhosos diálogos.

Nossa despedida não precisa ser hoje, podemos nos encontrar de novo, porque a realidade também prova que tudo pode acontecer para aquele que sabe sonhar.

Até breve,

Ângela.

– Nando, o conselho sábio... foi ela! – falou Brenda, surpresa.

– O quê?

– Ela aconselhou Roberto a abrir uma filial aqui na nossa cidade! Meu Deus, ela devia ser um anjo!

– Impressionante mesmo! Deixa eu ver – Fernando pegou o livro da mão dela. – Engraçado o nome da editora. É dela?

Brenda pegou o livro e ficou surpresa. A editora se chamava Editora Propósitos. Eles riram.

* * *

Era uma noite de sábado, um intenso verão. Um dia maravilhoso para aproveitar a companhia do seu lindo namorado. Fernando e Brenda foram a uma balada.

– Nossa, Nando! Aqui é lindo! Quem te apresentou esse lugar, posso saber? – disse Brenda, com as mãos na cintura.

– Meu irmão, e é a primeira vez que venho aqui. Está bom assim?

– Agora, sim – ela pendurou-se no pescoço dele, e os dois se beijaram.

Foram para um espaço mais reservado, onde o som não era tão alto.

– Só não gostei da parte em que você não vai mais morar perto de mim – disse Fernando, beijando o pescoço dela.

– É, Nando, minha mãe... – ela sorriu. – Ainda não me acostumei a dizer isso, é tão bom! Ela disse que lá na república é uma bagunça.

– Não conseguiu convencê-la?

– Tenho a boa e a má notícia, qual quer primeiro?

– A boa sempre ameniza a má – disse ele, sussurrando no ouvido dela.

– Vou começar pela boa – ela sentiu arrepios pelo corpo devido aos beijos dele.

– Não vou ouvir a má!

– Escuta, Nando! – disse ela, puxando-o de leve pelo cabelo.

– Estou ouvindo, minha gata! Diga.

Ele a segurou pela cintura, prendendo-a contra o balcão.

– A boa é que você poderá passar todos os fins de semana com a gente!

– Só vou te ver nos finais de semana? Não é uma notícia boa!

– Ah, Nando, fica feliz? Como vou morar pertinho, você pode passar na minha casa durante a semana, quando não tiver aula!

– Começou a melhorar – ele afagou o rosto dela com uma das mãos.

– Não quer saber a má?

– Não era a má ainda?

– A má é que eu ganhei um pai muito ciumento e um irmão que já se considerava um irmão ciumento. Então, se comporte!

– Gustavo? É meu brother!

Ele abraçou a cintura de Brenda.

– Você me deve uma promessa – ele a olhou nos olhos, dizendo.

– Quando eu olho para você, gato, esqueço como se raciocina.

– Eu te ajudo a raciocinar.

– Então, diga.

– “Nando, quando voltar eu vou ser sua” – disse ele, sussurrando no ouvido dela.

Brenda soltou uma risada.

– Mas eu não fui!

– Foi e quase acabou comigo durante aqueles cinco minutos em que tive a sensação de que tinha ido embora. Despedaçou-me por inteiro. Quero o que me deve, agora.

– Nando, para! Vão nos expulsar daqui!

– Que seja, daí você paga o que me deve.

– Não me lembro de ter assinado promissória – ela sorriu, provocando-o com uma das sobrancelhas arqueada.

– Realmente não assinou, mas, se o seu nome cravado em mim não é assinatura, não tenho mais argumentos, apenas isto... – Ele pegou a mão dela e a colocou no seu peito. Ela estremeceu.

– Isso não vale – disse Brenda.

– Sua maldosa – ele espremeu os olhos, ela achou lindo –, falei do meu coração.

– Esqueci que, por baixo desse seu corpo perfeito, existe um coração lindo, que eu amo.

– Também te amo. Quero o que me prometeu.

– Vou te pagar com tudo que há em mim – ela sussurrou no ouvido dele.

– Não faça isso, Brenda... Não sabe do que sou capaz.

– Acho que sei, sim – ela continuou o beijando. – Não precisa me cobrar, será a dívida que farei questão de pagar, com juros.

– Enquanto não me paga essa promessa, poderia me pagar a outra, a mais simples, mas é a que estou esperando.

– A dança... – Brenda riu e desviou o olhar.

– Você me deve uma, e eu adoraria que fosse agora.

– Por isso me trouxe aqui?

Ele arqueou as sobrancelhas e mordeu o lábio.

– Não resisto quando faz isso, Nando! Fica lindo demais! – ela mordeu levemente o lábio dele.

Ele a puxou para a pista, que se agitava com uma frenética batida.

– Vamos dançar isso?

Fernando ergueu a cabeça para o segundo andar e fez discretamente o sinal com o polegar para alguém. As luzes de repente se apagaram por dois segundos, cortando a música. As luzes voltaram ao som de "Two Is Better Than One", a música daquela noite especial, a música que eles não dançaram, a música deles. Ela sorriu emocionada.

O painel de LED da balada acendeu-se com várias borboletas azuis voando na tela e, no meio, estava escrito Butterfly. O DJ ficou tentando achar de onde vinha a música, não conseguiu controlar o notebook à sua frente.

– O que está acontecendo? – perguntou Brenda, emocionada.

– Gostou?

– Como planejou isso?

Fernando apontou com a cabeça para o canto escuro da balada. Megan e Gustavo estavam escondidos com um pequeno notebook na mão. Ela ficou surpresa, rindo para os amigos, que acenaram com o polegar, positivamente.

– Nando! Meu irmão e minha amiga são demais! Eles estão controlando tudo aqui?

– Bem, o DJ só vai conseguir mudar a música quando ela acabar.

– Não vai dar problema?

– Conhece seus amigos, são bons no que fazem. É impossível alguém achá-los aqui e, quando perceberem – ele a puxou pela cintura –, você já terá pagado a primeira promessa.

Fernando afagou o rosto dela, e beijaram-se.

– É você, Nando...

– O quê?

– Quem eu sempre desejei. O tempo todo era você que eu procurei.

– Onde?

– Além dos meus sonhos.

Epílogo

MILHÕES, MILHARES DE MILHARES e no meio estava você, alcançando o prêmio da vida, o local onde seria gerado. Você foi nutrido e, de uma forma assombrosa, foi formado, com uma combinação exclusiva de incontáveis peculiaridades. Cada detalhe, minuciosamente estudado, lapidado para ser único. E se toda sua perfeição física não bastasse, uma enorme caixa de presentes lhe foi entregue. Seu temperamento, sua voz, a cor dos seus olhos, dos cabelos, suas habilidades, suas qualidades, seus pontos fracos, você, unicamente você.

Então, o grande dia rompeu e você veio a existir. Um milagre inexplicável. O mundo inteiro foi presenteado com sua vida! Houve um reboliço de vozes, seja neste mundo ou no invisível. Sim, porque você chegou ao universo com um propósito a cumprir. Sua vida é uma obra divina extraordinária, simplesmente pelo fato de você ser insubstituível para o mundo.

O tempo foi passando e cada cena, cada cheiro, cada pessoa, foram gravados em sua memória esplendorosa. Você desejou isso, você sonhou ser tantas pessoas. Várias vezes julgou que a vida dos outros era indiscutivelmente melhor do que a sua. Por diversas vezes, olhou para si e não encontrou algo que o tornasse especial dentro de um mundo tão igual.

Existe um espetáculo na vida e você é protagonista dele. Não importa o que você faça ou tenha, mas como faz, como usa. Tenha a certeza de que a monotonia persiste quando não cumprimos o que nascemos para fazer.

Sonhe, mas persista, realize, busque, encontre sua motivação no seu propósito de vida.

A maior metamorfose já aconteceu, você nasceu! Assim como as borboletas abrem as asas e conquistam os céus, voe! Reconheça sua exclusividade sem precedentes. Leve as cores da sua existência por onde passar e, no final, descanse como elas, na certeza de que muitos admiraram sua beleza, sua exclusiva existência.

Assim como Brenda, encontrei várias pessoas parecidas por onde passei. Todavia, Brenda foi especial, pois ela tinha uma história excepcional para contar. Tenho certeza de que a sua também é. Me conte seus sonhos?

Então, eu direi: seus talentos são tão especiais a ponto de realizarem diversos momentos que tornarão a vida de muitos inesquecível. Inclusive a sua.

Ângela

FONTE: Cala
IMPRESSÃO: Paym